CITY OF
WILD BEAST

맹수들의 도시

CITY OF
WILD BEAST
BBULMEDIA FANTASY STORY
동은 현대 판타지 소설

③

맹수의 도시

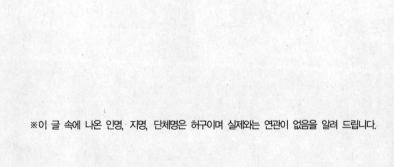

contents

1.

반란

CITY OF
WILD BEAST

구정 전날, 도수는 정식으로 신사동 파 회장에 취임을 했다.

취임식이라고 했지만 크게 열리지는 않았다. 조직원들과 간부들이 업소에서 모두 모여 조촐한 취임식을 가졌다. 기현과 민태는 다른 조직에게 보여 주기 위해서 성대하기를 바랐지만 도수가 고개를 저었다.

만약 그랬다가는 절대로 회장직을 허락하지 않겠다고 엄포도 놨다.

어쩔 수 없이 민태와 기현은 입맛을 다시며 도수의 말을 들어주었다.

이번 회장 참 입맛 까다롭네, 라며 민태가 투덜거리자 기현이 형님이, 삼고초려를 하여 앉히셨거든요, 라며 눈을 흘겼다.

취임식은 신생 신사동 파에서 운영하는 마야 클럽에서 이뤄졌다.

그들이 학교 강당을 빌려서 취임식을 할 수 없기에 큰 손해를 보고라도 마야 클럽이 쉴 수밖에 없었다. 밖에는 오늘 하루 공사 중, 이라는 푯말이 붙었다.

조직원들만 이곳에 모인 것이 아니다.

참석할 수 있는 각 업소의 웨이터, 웨이트리스들을 불러 모았다.

비록 그들이 조직원들은 아니지만 같이 업소를 운영하는 사람들로서 서로의 유대 관계가 있어야 한다고 도수는 생각했기 때문이었다.

그렇게 하니 사람들이 꽤 많이 모였다. 150명은 넘는 듯했다.

음식을 준비하는 사람들이 꽤나 바빠졌다. 평상시에는 춤을 추는 사람들로 가득할 홀 스테이지에는 떠드는 사람 없이 경건하게 앉아 있었다. 대부분이 정장을 입었다. 표정들은 엄숙했다.

기동이 사회를 봤다. 그 특이한 말투로 사람들의 배꼽을 잡게 만들었다.

많은 여자들은 공포의 대상으로만 봤던 기동이 저렇게 웃긴 줄 처음 알았다면서 꽤나 귀엽다며 수근 거렸다.

기동으로 인해서 분위기는 많이 풀어졌다.

민태는 그런 기동을 보면서 미소를 지었다.

비록 조직의 보스감은 아니지만 충분히 능력이 있는 자였다.

몇 마디 하는 것만으로도 이토록 분위기를 바꿔 놓을 수 있는 자는 조직을 통틀어도 몇 명 없을 것이다.

특히 오늘은 민태가 은퇴하는 날이 아니던가. 오랫동안 그를 모셔 왔던 수족들에게는 가슴이 찢어지는 날이 아닐 수가 없었다.

"지금부터 회장직에서 물러나시는 민민태 회장님의 퇴임식이 있겠습니다. 모두 자리에서 일어나 주십시오."

이기동이 좌중들을 보며 말했다. 한 명도 빠지지 않고 자리에서 일어났다.

이기동은 모든 절차에 맞춰 행사를 진행했다.

하다못해 국기의 대한 경례를 했을 때는 도수조차 당황했다.

엄숙하게 경례를 모두 할 때는 쫓아서 할 수밖에 없었다.

1970년대도 아니고 군대도 아닌 조직 폭력배들이 국기에 대한 경례를 한다는 것은 뭔가가 조금은 어색했다.

그 외에도 여느 폭력배들의 모임과는 달랐다. 고등학교 시절에 운동장에서 행해지는 교장선생님의 훈시를 듣는 기분이었다.

나중에 기현에게 물어보니 민태가 가장 존경하는 사람이 그의 고등학교 담임 선생님이라고 하였다.

비록 조직 폭력배가 됐지만 아직도 몇 년에 한 번씩은 선생님을 찾아 뵈었다.

깡패가 가장 존경하는 사람이 담임 선생님이라……

역시 특이한 사람이었다.

"이제 민민태 회장님의 퇴임사가 있겠습니다. 모두 자리에 앉아 주십시오."

사람들이 자리에 앉자 민태가 무대 위로 올라갔다.

그는 가운데 단상에 놓인 마이크를 잡고 잠시 허공을 바라봤다. 감개무량하다는 눈빛이었다.

하지만 거기서부터였다. 그의 연설은 그냥 주구장창 17살부터 지금까지 인생에 대한 자랑뿐이었다.

이제 겨우 35살 때 얘기를 한다. 아직 10년은 더 들어야 했다.

감춰진 비화도 많았지만, 그다지 듣고 싶은 마음은 없었다. 말주변이 없는 것인지, 오직 자기 자신에 대한 자랑만 해 대서인지 지루하기 짝이 없는 퇴임사였다.

민태만 눈치채지 못했다.

자그마치 30분 정도의 시간을 민태가 잡아먹었다.

기동과 기현의 생각보다 훨씬 넘어섰다.

어서 다름 행사로 진행을 해야 했다.

"음, 음. 아, 죄송합니다. 잠시 목이 잠겼군요. 이제 민태 전회장님께서는 저희 조직의 고문을 맡게 되셨습니다. 모두 힘찬 박수로 민민태 전 회장님의 앞날을 기원해 주셨으면 합니다."

짝짝짝짝짝—

이제 민태의 연설이 끝났다는 말에 사람들은 다행이라고 생각했는지 열렬하게 손바닥을 마주쳤다.

"이번에는 신생 신사동 파를 맡게 되실 마도수 회장님의 취임사가 있겠습니다."

기동에 말에 기현이 자리에서 일어났다.

그의 옆자리에 앉아 있던 다른 조직원들도 일제히 일어섰다.

작은 왕국이지만 새롭게 맡이 할 왕에 대한 예우.

도수가 자리에서 일어났다.

다른 사람들보다 머리 하나는 컸다.

짧은 머리카락에 날카로운 눈빛, 뺨에 긴 자상은 보기만으로도 사람들을 압도하기에 충분했다.

약간은 소란스럽던 장내가 순식간에 조용해졌다. 그들의 시선은 도수에게 꽂혔다.

도수가 정장을 바로하고 무대 계단으로 올라갔다.

뚜벅, 뚜벅.

홀 안에는 도수의 구두 소리만 울렸다. 숨소리 하나 들리지 않는 듯했다.

도수가 마이크 앞으로 서자 기동이 재빠르게 달려와 그의 키에 맞게 마이크를 맞춰 주었다.

도수는 뒷짐을 지고는, 좌중을 훑어봤다. 도수는 150명의 사람들의 표정이 하나씩 눈에 들어왔다.

참으로 신기한 일.

단순히 다른 사람들보다 한 계단 높게 올라왔을 뿐인데 경치가 달라졌다. 공기도 달라진 느낌이었다.

사람들 한 명, 한 명의 얼굴을 읽으며 그들에게서 무슨 일이 벌어졌고, 무엇을 바라고, 무슨 생각을 하고 있는지 어느 정도 예상을 할 수가 있었다.

병원에서 민태가 했던 말이 떠올랐다. 자리가 사람을 만든다고.

한 번도 그 의미를 되새긴 적이 없었다.

무슨 말인지도 몰랐다.

하지만 단상에 서는 순간 그 의미를 알 수가 있었다.

모든 사람들의 생사를 자신의 손에 쥐었다는 것을. 이 사람들이 오직 자신을 바라보고 있다는 것을.

겨우 계단 몇 개의 차이인데, 이 몇 개의 계단을 올라오지 못하는 사람들이 대부분이라는 것도 깨달았다.

사람들의 머리 위에 서다, 라는 기분이 무엇인지 알게 되었다. 동시에 엄청난 저들의 삶에 무게도 더해졌다.

도수의 어깨는 혼자의 어깨가 아니었다.

저들의 수장으로서, 자신을 믿고 따라오는 저들을 책임질 의무가 있었다.

"아, 아."

도수가 입을 열었다. 묵직한 저음이 마이크 전선을 타고 홀 곳곳에 울렸다.

"저는 마도수라고 합니다. 이제부터 신사동 파를 맡게 되었습니다. 다른 것은 몰라도 하나는 약속드립니다. 저를 믿으십시오. 그만큼 보호할 것이며, 그만큼 대우해 드리겠습니다. 감사합니다."

짧고 간결한 취임사였다.

그러나 어느 때보다 소름끼치는 취임사였다. 구태여 말을 더할 필요도 없었다.

사람들의 눈빛이 달라졌다.

사기가 올라가는 걸 공기가 말해 준다.

현대 사회에서 돈도 중요하지만 그만큼 중요한 것 중에 하나가 바로 자부심이었다.

내가 신사동 파다! 내가 신사동 파의 일원이다!

이것을 당당하게 말을 할 수 있는 것만으로도 그들은 돈보다 귀중한 것을 얻게 되는 것이다.

"이야, 마도수. 완전히 회장님 포스가 물씬 풍기는데?"

민태가 단상에서 내려오는 도수를 보며 활짝 웃었다.

어쩐지 민태의 표정은 후련해 보였다.

더욱 젊어진 느낌이었다.

항상 살기가 맺혀 있던 눈동자에서 그것도 사라졌다. 좋은 기운.

"별말씀을, 모두 형님과 조직원들 덕분입니다."

"내가 뭘. 동생이 있었기에 내가 자신 있게 회장직에서 물러날 수 있는 거야. 동생이 아니었다면 기현이 클 때까지

5년은 더 버텼어야 할걸? 아니다, 더 버틸 것도 없고, 이번 항쟁에서 끝장이 났겠지."

"음……."

"어쨌든 동생의 취임식이자 내 퇴임식이니 어디 가서 거하게 한잔하지."

민태의 말에 기현이 깜짝 놀랐다.

"안 됩니다, 큰 형님."

"안 되다니, 뭐가?"

"형수님한테 연락 왔습니다. 만약 술 마시고 들어오면 가족들 못 찾을 줄 알랍니다."

"무, 무슨 그런 험악한 농담을."

민태의 얼굴이 와락 구겨졌다.

"제 생각도 그렇습니다. 저도 그렇고 큰 형님도 아직 상처가 아물지 않았잖습니까."

"한 잔 정도는 괜찮지 않을까?"

민태는 아쉽다는 듯이 입맛을 다셨다.

"안 됩니다. 한 잔이 두 잔이 되고, 두 잔이 넉 잔이 됩니다. 의사들이 말하길 저희에겐 술이 쥐약이라고 하지 않습니까."

"그래도 그렇지. 퇴임식에 술 한잔 못하다니……."

"맛있는 것 많습니다. 그거 드십시오."

"할 수 없지, 동생도 같이 가지."

민태는 고개를 돌려 도수를 바라봤다.

도수는 고개를 끄덕였다.

민태는 이미 이사를 마쳤다.

그가 간 곳은 경기도 양주였다.

땅값도 서울보다는 훨씬 싸서 어렵지 않게 땅을 구입해 그 위에 50평 규모의 2층 집을 새로 지었다.

아이들이 뛰어놀 수 있는 마당이 널찍한 집이었다.

집에서 10분 거리에 도로에는 아담한 찻집을 만들었다. 민태와 소희가 같이 운영한다고 했다.

주변에 상가가 없어서 잘될까 싶지만 소희는 만족한 듯했다.

모아 둔 자금이 꽤 있으니 악착같이 돈을 벌 필요는 없을 터.

이제 민태와 소희는 제2의 인생을 시작하는 것이다.

도수는 민태의 집으로 자리를 옮겼다.

취임식이 오전 1시부터 시작을 했으니, 모든 사람들에게 일일이 인사를 해야 했기에 다른 사람들보다는 늦게 출발을 했다.

그의 옆에는 수태라는 사내가 바짝 붙어 있었다.

수태는 기현이 신임하는 몇 안 되는 수하들 중에 한 명이었다.

키는 170㎝ 정도로 크기는 않지만 머리 회전과 눈치가 빠르고 칼을 잘 썼다.

도수는 기현에게 괜찮다고 말했다.

하지만 기현이 절대 안 된다고 고개를 저었다.

압구정 파의 구역을 흡수하기는 했지만 아직 염민혁의 소재가 파악되지 않았고, 대치동 파가 언제 움직일 수도 알 수가 없었다.

일차적인 일이 끝이 난 것이지 큰 해일은 오직 않았다.

언제 작은 파도가 해일이 되어서 신사동 파를 덮칠지 알 수가 없었다.

그것을 도수도 알기에 더 이상 기현의 부탁을 거절할 수가 없었다.

수태는 말이 없는 사내였다.

대부분이 네, 아니오, 그렇습니까, 안녕하십니까, 괜찮습니다, 가 다였다.

더 이상의 단어를 들어 본 적이 없었다.

도수도 말수가 없었지만 그도 만만치 않았다. 둘이 함께 있으면 차 안은 고요하기만 했다. 가끔 기현이나 기동이 조수석에 앉으면 그 어색함을 이기지 못해서 라디오를 켜기도 했다.

사실 따지고 보면 도수도 수태도 원래 말수가 없으니 별로 불편하지 않았다. 오히려 이리저리 대꾸할 말이 없어 편하기까지 했다.

그러나 다른 사람들이 불편했던 모양이다.

민태가 새롭게 지은 집으로 가는 길에도 마찬가지였다.

도수는 기현이 가득 가지고 온 서류 더미를 꼼꼼하게 읽어 갔다.

모든 업소의 영업 상태, 재무 상태, 변호사, 협력 업체,

각 회사의 사장들과의 관계를 파악해야 했다.

상당한 양이었지만 회장직을 수락한 이상 업무 효율을 위해서 최소한 파악은 해 둬야 했다.

그런 도수의 모습에 수태는 라디오조차 켜지 않고 묵묵하게 차를 몰았다.

민태의 집에 도착했을 때는 오후 7시 반이 조금 넘었다.

대문은 활짝 열려 있었고 수십 명의 사람들이 북적거렸다. 고급 검정 세단들이 족히 열 대는 서 있는 듯했다.

도수와 수태가 차에서 내렸다. 수태가 자신이 열어 준다고 했지만 도수는 절대 그러지 말라고 했다.

손이 멀쩡하게 있는데 다른 사람에게 차문을 열어 달라는 짓은 시간이 가더라도 하지 않을 생각이었다.

대문 안쪽으로 들어섰다.

민태와 소희가 함께 디자인을 한 2층 황토집을 보았다.

건강에 좋게 설계가 되었다고 민태가 자랑하던 일이 떠올랐다.

본체 바깥에는 10평 규모의 작은 집이 부록처럼 딸려 있었다.

민태가 침이 마르도록 자랑을 한 개인 찜질방일 것이다. 소희의 말로는 저녁만 되면 가족이 모두 저곳에서 시간을 보낸다고 하였다. 과일도 까먹고, 직접 담근 식혜도 먹으면서.

10년 전, 도수가 작게나마 바랐던 꿈을 민태는 실현시켰다. 그도 어머니를 모시고 이런 집에서 살고 싶었다.

어느새 도수의 손톱이 손바닥 깊숙이 파고들었다.

어머니…… 이런 집에서 모실 수 있기를 바랐습니다.

조금만 더 제 곁에 있어 주셨으면…….

도수가 보이자 민태가 손을 들었다.

"아이고, 동생. 왜 이리 늦었나, 어서 이리 와."

민태가 싱글벙글 웃으며 도수를 맞이했다.

소희와 쫓아와서 고개를 숙이자 도수도 같이 고개를 숙이며 인사했다.

"삼촌, 왔어요?"

두 꼬맹이도 도수의 다리에 엉겨 붙었다.

그가 좋은지 발등에 조그마한 발을 올려놓고 꽉 들러붙었다.

매미가 붙은 것처럼 보였다. 양쪽 발에 매달리자 특이한 자세가 되었다.

민태는 호탕하게 웃었지만 소희는 얼굴이 벌겋게 달아올라 두 꼬맹이의 엉덩이를 때렸다.

"버릇없게 뭐하는 짓이야? 다시 인사해."

상현과 원희가 입을 툭 내밀더니 도수에게서 떨어져 배꼽 인사를 했다.

"삼촌, 안녕하세요."

"그래, 잘 있었니."

도수는 두 꼬맹이의 머리를 흐트러뜨렸다. 뭔가 선물을 사 올걸, 약간의 후회가 생겼다.

그렇다고 돈은 줄 수가 없었다.

예전에 두 꼬맹이에게 각각 오만 원을 줬는데, 소희가 애들 버릇 나빠진다면서 정중하게 거절을 한 적이 있었다. 설날이 제외하고는 어느 정도 머리가 클 때까지 돈을 주지 않을 생각이다.

마당에는 이미 한창 바비큐 파티가 벌어지고 있었다. 세 개의 드럼통을 반으로 잘라 이어 붙였고 그곳에 숯을 잔뜩 넣었다.

불길이 올라오자 구멍이 뻥뻥 뚫린 쇠판을 놓아 고기를 구웠다.

돼지 한 마리는 잡은 모양이었다.

엄청난 양의 고기가 세 개의 탁자 위에 놓여 있었다. 각종 야채들이 즐비했고, 소주와 맥주가 산더미처럼 쌓였다.

민태는 그것들을 부러운 눈으로 바라봤다. 한 잔도 못하고 있으니 가슴이 턱턱 막히는 듯했다.

그 모든 것을 소희가 준비했다고 하였다.

사람을 쓰지 않고 직접했다.

민태는 사람 부르면 금방 할 것을 귀찮게 하냐고 투덜거리자 소희는 이제 돈을 잘 버는 것이 아니니 조금이라도 아껴야 한다고 핀잔을 줬다. 참으로 현명한 여자였다.

그나마 그녀를 도운 것은 기현의 아내인 민희였다. 얼마 전에 민희와 소희는 얼굴은 튼 모양이었다. 서로 언니, 동생 하는 것으로 보아 꽤나 친해진 것 같았다.

두 여인 다 아름답고 현명하다.

민태와 기현은 오래 살아야 한다. 저런 아내들을 두고서 일찍 죽는 것은 죄를 짓는 것이다.

바쁘게 움직이던 민희와 도수의 눈이 마주쳤다. 그녀는 방긋 웃으며 살짝 고개를 숙여 목 인사를 하자 도수도 같이 고개를 숙여 주었다.

민태는 마당에서 고기를 구워 먹고 있는 사람들은 한 명씩 도수에게 소개를 해 주었다.

대부분이 후견인들이었다. 건달들은 없었다.

건실한 사업가이며, 행복한 가정을 이루고 있는 사람들이었다.

민태는 도수의 귓가에 속삭였다.

겉보기만 저래, 모두 능구렁이들이지. 이번 항쟁에서 신사동 파가 무너졌다면 뒤도 돌아보지 않을 위인들이야. 그러나 지금은 꽤 효용 가치가 높지. 알고 지내는 것이 좋을 거야, 라며, 경고를 했다.

도수는 고개를 끄덕였다.

그는 배가 나온 중년인, 옆머리만 남은 환갑의 노인, 키가 작고 눈매가 날카로운 중년인 등, 한 명, 한 명 만나며 고개를 숙였다.

엄청난 부동산을 가진 사내가 있었고, 한번쯤을 들어 봤을 법한 기업의 오너도 있었다.

일단 이 사람들에게 밉보여서는 안 된다는 것쯤은 도수도 알았다.

그저 민태가 소개시켜 주는 대로 인사를 하는 수밖에 없었다.

10시가 넘어가자 파티는 끝이 났다. 술을 못 마시는 몇몇 오너만 빼놓고는 모두 거하게 취해서 자신이 타고 왔던 차에 올라탔다. 운전수가 있기에 대리기사를 부를 필요는 없었다.

그들이 가고 나자 마당에는 산더미처럼 쌓인 쓰레기만이 남아 있었다. 저걸 언제 다 치우나, 라며 민희의 입이 떡 벌어질 정도였다. 기현이 그녀의 옆으로 다가가 도와주기 위해 팔을 걷어붙였다.

둘이 먼저 쓰레기를 치웠다. 수태가 도왔다.

"어머, 놔두세요. 제가 내일 아침에 할게요."

소희가 만류했지만.

"아니에요, 금방해요."

민희가 방긋 웃었다.

민태도 돕는다. 아이들도 도왔다. 멀찌감치 떨어져서 담배를 피우고 있던 기동도 도왔다. 도수도 도울 수밖에 없었다.

여럿이 한꺼번에 쓰레기들을 처리하자 일은 30분도 되지 않아서 끝이 났다.

민희와 소희는 설거지를 했고 도수와 기현은 분리수거를 했다. 기동과 민태는 어지럽게 흩어져 있던 물건들을 제자리에 가져다 놓았다.

그들은 함께였다.

"아이고, 힘들다. 정말 긴 하루네. 피곤하겠지만 차 한잔 들 하고 가."

거실은 따뜻했다. 웃풍이 있을 것 같았지만 거짓말처럼 약간의 찬바람도 불지 않았다.

민태가 직접 만든 탁자를 중심으로 사내들이 앉았다.

소희는 약도라지를 끓여서 만든 차를 가지고 나왔다. 이들 모두 담배를 피기에 그것이 기관지가 좋다고 하여 소희가 달여서 준다고 하였다.

그렇게 그들은 앉아 파티의 여운을 즐겼다.

*　　　*　　　*

도수는 차를 들어서 목에 넘겨 보았다.

약간 씁쓸한 맛이 감도는 것이 향이 꽤나 좋았다. 도라지로 만든 차를 마시는 것은 처음이었다.

시키실 일 있으면 부르세요, 라고 말을 한 소희는 아이들을 재우기 위해 방으로 올라갔다. 민희가 그녀의 뒤를 쫓았다.

아이들과 노는 것이 나름 재미있는 모양이었다.

주변인들이 모두 사라지자 거실에는 조용한 기운이 감돌았다.

민태는 차를 한 모금 마신 후 도수를 보았다. 한껏 들떠 있었던 그의 눈동자가 근엄하게 바뀌었다.

"이제 동생 어쩔 생각인지 물어봐도 되겠나. 사실 모든 것을 자네에게 맡겼으니 죽이 되던, 밥이 되던 상관하지 말아야 정상이지만 말이야…… 요즘 상황이 너무 험악해서 말이지. 마치 신사동 파라는 작은 돛단배가 커다란 파도 위에 떠 있는 형국 같단 말일세. 이 못난 형이 조금이라도 안심을 할 수 있게 자네의 대안을 들었으면 하네."

그것은 다른 이들도 마찬가지리라.

압구정 파를 무너트렸다고 해서 일이 끝난 것은 아니었다. 오히려 더욱 세차고, 강하게 주변 환경이 그들을 뒤흔들 것이다.

아차하면 모두가 한꺼번에 침몰을 할 수도 있는 상황.

도수는 고개를 끄덕였다.

그도 민태의 말에 대해서는 동의한다.

지금 강남은 요동을 치고 있었다.

압구정 파가 무너지면서 그곳을 메우기 위해서 많은 조직들이 하이에나처럼 호시탐탐 입성을 준비하고 있었다.

"아직 시간이 있다고 생각합니다. 대치동 파가 저희 조직을 넘보려면 선거가 끝이 난 후일 것입니다. 선거가 끝나면 어떤 식으로든 대치동 파에서 압력이 들어오겠지요."

"그래서?"

"내실을 다져야 합니다."

"시간이 얼마 없을 텐데, 내실을 다지기에는 시간이 빠듯하지 않겠나."

민태는 걱정스럽다는 듯이 물었다.

"걱정하지 마십시오. 썩은 나뭇가지에 약을 치는 것보다 쳐 내는 것이 빠릅니다."

"그 말은?"

"지켜보시면 됩니다."

도수의 말뜻을 알아들었다.

"그래, 더 이상 왈가불가할 생각은 없네. 그것 또한 자네의 대한 예의가 아니니까. 난 이제 마음 편하게 쉬겠네. 가끔 술 좀 사가지고 오게나, 자네들이 아니면 내가 술을 마실 수가 없어. 마누라가 워낙 무서워야 말이지."

"그리도록 하죠."

민태의 말에 도수가 고개를 끄덕였다.

마침 수태가 자리에서 일어나 전화를 받았다. 그는 그래, 소리를 몇 번 한 후 전화를 끊었다.

수태는 자리에 앉기 전 도수의 귀에 대고 뭐라고 속삭였다. 가까이 있지만 다른 사람들은 들을 수가 없었다.

"이야, 뭐여. 우리는 알아서 안 되는 일인가. 수태, 서운해."

기동의 말에 수태는 고개를 숙여 죄송합니다, 라는 말을 짧게 했다.

"아무리 봐도 로봇 같은 놈이여. 그냥 설명을 해 주면 될 것을."

기동이 다시 혀를 찼다.

"제가 시킨 일이 있습니다. 그것 때문에 그렇습니다."

도수가 말했다.

"뭐, 알아서 하겠지. 자, 모두들 일어나라고. 이제 그쪽 세계의 검은 냄새는 맡기도 싫으니까. 자네들끼리 좋은 사무실에 가서 의논을 하시게나."

민태가 자리에서 일어났다. 그는 피곤하다는 듯이 크게 하품을 했다.

위층에서 소희와 민희가 내려왔다.

민희는 이미 겉옷을 입고 있었다. 그들이 하는 소리를 들은 듯했다.

소희와 민태가 차가 있는 곳까지 배웅을 나왔다. 모두가 그들에게 정중하게 인사를 하고는 차에 올라탔다.

기현이 도수의 차에 타려고 하자 도수가 고개를 가로젓고는 내일 전화한다고 했다.

무슨 일인지 궁금했지만, 민희가 함께 있기에 배려한다는 것을 안 기현은 고개를 끄덕일 수밖에 없었다.

도수는 수태에게 물었다.

"놈들은 어디 있지?"

"청담동에 수미담이라는 한식집에 있습니다."

"그리로 가자."

"알겠습니다. 다른 조직원들을 부를까요?"

수태가 물었다.

"아니, 둘이서 간다."

간담이 꽤나 큰 수태도 마른침을 삼켰다. 지금 그가 가자고 한 곳에는 신사동 파에 중간 보스들이 모임을 가지고 있을 것이다.

그들은 도수를 처음부터 못마땅하게 여겼다.

족보도 없는 도수가 툭 튀어나와서는 자신들의 윗자리를 꿰찼으니 배알이 꼴릴 만도 했다.

특히 신사동 파를 위해서 앞장서서 싸웠다고 주장하는 형식의 분노는 대단했다.

자신이 서열 2위로서 신사동 파를 물려받았어야 한다고 주장했다.

물론 민태는 그의 말을 들어 보지 않았다.

형식은 도수의 취임식에도 나오지 않았다.

핑계는 잘린 왼쪽 발목이 아프다는 것.

하지만 그는 완전히 아킬레스건이 잘리지 않았다. 운이 좋았던지 압구정 파 놈들은 그의 아킬레스건을 반쯤만 잘라서 반년쯤 지나면 온전한 생활을 할 수가 있다고 하였다. 그렇기에 새로운 회장 취임식에 나오지 않았다는 것은 불만이 있다는 것으로밖에 보이지 않았다. 다른 조직원들도 그렇게 느꼈을 터.

회장 취임식에 나오지 않은 중간 보스는 모두 세 명.

형식과 경태, 모필이었다.

다른 두 명의 중간 보스는 아킬레스건이 완전히 잘려서

아직도 병원에 누워 있었다.

그들 세 명은 꽤나 세력이 강해서 본래 신사동 파의 업소들을 반 이상 관리하고 있었다.

즉, 그 말은 도수의 회장 취임식에 반밖에 조직원들이 참석하지 않았다는 말과도 같았다.

어차피 민태가 은퇴를 선언한 이상 도수가 자신들을 막을 수 없다고 생각한 모양.

도수는 수태를 시켜 그들이 있는 곳을 알아내고 담판을 지을 생각이었다.

도수를 태운 고급 세단은 청담동을 향해서 빠르게 나아갔다.

*　　*　　*

민태가 습격당했던 청담동에서 멀지 않은 곳에 또 다른 고급 한식집이 자리했다.

대문 밖에서는 여섯 명의 신사동 파 조직원들이 서 있었고, 안쪽에도 네 명의 조직원들이 경호를 맡았다.

경태와 형식, 모필이 있는 방문 밖에도 두 명의 조직원들이 매의 눈을 부라리며 경호를 했다. 방문 안으로 들어서는 종업원들은 최대한 조심스럽게 음식을 날라야 했다.

"씨발, 오늘 회장 취임식이 끝났다더라."

형식은 술잔을 사납게 내려놓았다. 의사가 절대 술을 마시지 않아야 한다고 말을 했지만, 그럴 기분이 아니었다.

도수 생각만 하면 열불이 치솟아 올라서 머리가 하얗게 탈색이 될 것만 같았다.

오늘 같은 날 술을 마시지 않으면 열이 받아서 죽어 버려도 이상하지 않으리라.

경태가 그의 술잔을 채워 주었다.

그는 이번 항쟁에서 최대한 몸을 사렸다. 중도를 표방했지만, 그것 때문에 민태의 눈 밖에 나고 말았다.

사실 그는 염민혁에게 큰 자리를 약속받았었다.

조건은 딱 하나. 이번 항쟁에서 뒤로 물러나 있을 것.

그럼 지금보다 두 배의 영업 구역을 약속했다.

경태로서는 군침이 도는 먹이였다. 그는 덥석 물고는 신사동 파가 와해 일보 직전까지 갈 때에도 몸을 사리며 항쟁에서 물러났다.

설마 신사동 파가 압구정 파를 무너트릴 줄을 상상도 하지 못했을 것이다.

이름도 모르는 대타가 나와서 역전 만루 홈런을 친 것과 크게 다르지 않았다.

경태는 목숨의 위험을 느꼈다. 아직 그가 염민혁과 거래가 들통 나지 않았지만, 언제 그가 잡혀서 다 불지 알 수가 없었다.

그는 자신이 살 방도를 찾아야 했다.

마침 형식과 모필이 회장 선별에 대한 불만이 많았다.

살짝 그들의 등을 떠밀어 주자 불꽃이 타오르듯 화르르
불타올랐다.

그들은 노골적으로 조직원들에게 자신들의 불만을 터트리
고 다녔다.

─씨발, 그 새끼가 뭐하던 놈인지 어떻게 알고 회장 자리
를 줘. 싸움박질 잘하는 것 말고 또 아는 게 뭐가 있어. 일
단 실무를 가르치고 나서 그때 능력이 있다고 보이면 회장
을 주든, 부장을 주든 하면 되는 것 아니야. 어이가 없어서.
민태 형님이 벌써부터 노망이 든 거야. 아니면 이럴 수가
없어.

그의 말은 조직원들에게 빠르게 퍼졌다.

신사동 파가 갈라질 것이라는 소문도 심심치 않게 들렸
다. 어느 줄에 서야 되는지 조직원들은 난감했다.

압구정 파와 필사적으로 싸웠더니 이제는 같은 조직끼리
싸우는 꼴이 돼 버렸다. 그나마 기현과 형식을 도왔던 조직
원들은 명분이라도 있었다.

모필과 경태 밑에 있던 자들은 어찌해야 할지 명분도, 갈
피도 잡지 못했다.

"형님, 어차피 큰 형님은 은퇴했지 않습니까. 고문이라고
하지만 저희 일에 끼어들지 못합니다. 이참에 형님이 도수
라는 개새끼를 밀어내고 회장 자리를 차지하십시오. 저와

모필이가 있지 않습니까."

경태가 형식에게 술을 따라 주며 말했다.

"기현이가 있잖아. 현 회장과 전 회장의 절대적인 신임을 받는 놈. 놈의 한마디면 조직원들의 30퍼센트가 목숨을 내다 바칠 거야."

"그깟 기현이 자식, 아직 서른도 안 된 놈입니다. 지가 해 봐야 얼마나 하겠습니까. 그리고 저희도 그런 애들 많습니다. 저와 모필이 한마디면 목숨 받칠 애들이 넘치고 넘쳤다고요. 물론 형님 밑에도 그런 애들 많지 않습니까."

"음, 그거야 그렇지만…… 기현이가 보통이 아니란 말이야. 옆에 붙어 있는 멧돼지 같은 기동이도 신경 쓰이고."

"그 돼지 새끼는 신경 쓸 필요도 없습니다. 딱 두 명만 처리하면 됩니다. 도수라는 새끼 하고, 기현이, 이 두 놈이오."

경태는 손가락 두 개를 들었다.

그의 말대로 이 두 명만 처리하면 그가 회장직에 취임하는 데는 큰 걸림돌이 없으리라.

하나 둘을 어떤 식으로 처리한다는 말인가. 반란을 일으켜서 회장직에 올라서는 것은 모양새가 좋지 않았다.

그리고 반란에 의한 선례를 남겨 놓는 것도 안 좋았다. 그 자신이 반란에 의해서 회장직을 내려놓을 수도 있기 때문이었다.

회장직을 내려놓는다는 것은 죽을 수도 있다는 위험 부담이 따른다.

어느 정도 나이를 먹어서 그런지 죽음에 대한 두려움이 가슴 속에 존재했다.

물불을 가리지 않던 젊은 시절과는 달랐다. 처참하게 죽고 싶은 생각은 손톱의 때만큼도 없었다.

"좋아. 그렇다고 치고, 그 두 놈을 어찌 처리한다는 말인가. 들리는 소문으로는 이번 회장의 실력이 장난 아니라고 하던데…… 혼자서 소종태가 숨어 있는 곳까지 쳐들어가서 압구정 파를 끝장내지 않았는가."

"형님, 걱정도 팔자십니다. 저도 소문은 들었습니다, 그 말도 안 되는 소문은요. 뭐라고 했더라? 아, 일본도를 휘두르는 소종태를 맨손으로 개 잡듯이 잡았다고 하더군요. 그게 말이 된다고 생각하십니까? 소종태가 어떤 인물입니까, 혼자서 황소도 잡는다고 알려진 자입니다. 그런 자가 일본도를 잡고 휘두르는데, 맨손으로 그걸 때려잡았다고요? 헛소리입니다. 원래 저희 바닥에서는 그런 소문이 많지 않습니까. 두 명 하고 붙어서 눕히면 다음 날 열 명하고 싸워서 그들을 모두 바다에 수장시켰다는 허무맹랑한 말이 떠돌고요."

"음, 그렇기는 하지만……."

형식은 아직도 뭔가가 꺼림칙한 모양이었다.

"형님이 명령만 내려 주십시오. 제가 일 깔끔하게 마무리하겠습니다. 자네도 동참할 거지?"

경태가 모필을 보며 물었다.

"그럼요. 저도 어린 기현이 새끼가 깝죽대는 꼴을 더 이상 못 보겠습니다. 민태 형님이 계실 때는 그렇다고 여길 수가 있지만 지금은 아니지요. 마치 지가 서열 2위인 것처럼 행동하는 것이 여간 눈에 거슬리는 것이 아닙니다. 이번에 새로 판을 짜는 것도 나쁘지 않습니다. 형식이 형님이 회장에 취임을 하고, 새롭게 애들도 뽑고, 저희 신사동 파와 대치동 파가 평화 협정을 맺는 겁니다. 그럼 피도 흘리지 않고 얼마나 좋습니까."

"평화 협정이라…… 그것 참 좋은 생각이네. 하지만 과연 김종민이가 우리의 제의를 수락할까?"

"그럼요. 그들이 먼저 제의하지 않았습니까. 우리가 압수한 압구정 파의 구역을 반 나눠서 준다면 더 이상 왈가불가 말을 하지 않겠다고."

"압구정 파의 구역을 반이나……."

형식은 까칠하게 자란 턱수염을 매만졌다. 많은 조직원들이 피를 흘려서 간신히 쟁취한 그 구역을 아무런 대가도 없이 넘긴다는 것이 못내 안타까웠다.

그의 심중을 예상한 경태가 다시 말을 이었다.

"소국이 강해지려면 일단 내실부터 다져야 합니다. 지금은 대치동 파와 맞설 때가 아닙니다. 저희도 꽤나 영역이 넓어지지 않습니까. 압구정 파와 신사동 파를 완전히 합치고, 그때 대치동 파와 맞서면 된다고 저는 여겨집니다."

"그렇지, 맞아! 지금은 함부로 나설 때가 아니야. 그들과는 협정을 맺어야 할 때지. 아마도 저 머저리 같은 회장과 기현은 절대로 압구정 파의 구역을 내주지 않겠다고 버티겠지?"

"그럼요. 벌써 또 다른 항쟁이 일어난다고 소문이 자자합니다. 조직원들은 괜찮지만 업소 직원들이 겁에 질려 있다고요. 이래서는 제대로 영업이 되지 않습니다."

"좋아, 그렇게 하자고. 우리가 한 번 신사동 파의 중심이 되어 보자고. 그럼 현 회장과 기현이는 어찌 잡을 텐가?"

"간단합니다. 저희가 한 번 모시겠다고 하면 됩니다. 같은 신사동 파 구역이니 방심을 할 겁니다. 그럼 입구를 막아 놓고 배와 목에 칼침을 놓으면 됩니다. 지까짓 게 싸움 좀 해 봤자 얼마나 하겠습니까. 아무리 싸움질을 잘해도 칼로 배때기 쑤셔서 내장 한 번 돌려 주면 일어날 사람 없습니다. 다섯 명이면 충분할 겁니다. 만약을 대비해서 열 명 정도 배치해 놓으면 기현과 도수 둘 다 끝입니다. 제가 직접 지휘하지요."

"그렇게 하도록 하지. 언제 실행하며 좋을까."

"빠르면 빠를수록 좋습니다. 빨리 형님께서 회장직을 맡으셔야 대치동 파 애들과도 얘기가 마무리되니까요."

형식은 고개를 끄덕였다.

그가 보기에 경태의 말은 하나도 틀린 것이 없었다. 며칠 후면 강남 2대 조직 중에 하나인 신사동 파에 회장이 된다는 생각에 입술이 절로 올라갔다.

항상 쑤시고 아프던 발목도 어쩐 일인지 지금은 전혀 통증이 느껴지지가 않았다.

그때였다.

밖에서 심하게 부서지는 소리와 함께 비명이 들려왔다.

꽈지지직!

한지를 두껍게 발라 만든 미닫이문이 박살이 나며 안쪽으로 튕겨졌다. 경태와 형식, 모필은 급히 팔을 들어 튕겨져 오는 나무들을 막았다.

거대한 그림자가 그들의 머리 위로 드리워지고…… 그들과 거대한 사내와의 눈이 마주쳤다.

"처음 보는 사람이 두 명이나 있군. 반가워, 내가 현 회장이야."

도수였다.

그는 서늘하게 웃으며 경태와 형식, 모필을 번갈아 가면서 쳐다봤다.

그의 서늘한 웃음을 본 사내들은 온몸에 털들이 중력의 법칙을 무시하고 벌떡 일어나는 것을 느껴야만 했다.

2.

탈피

CITY OF
WILD BEAST

"마, 마도수."

형식의 음성이 떨려 왔다. 거대한 풍채에서 뻗어 나오는 압도적인 존재감이 산전수전을 다 겪은 세 사내의 기를 억눌렀다.

"마도수?"

경태와 모필은 깜짝 놀라 도수를 바라봤다. 그에 대한 얘기는 귀가 물리도록 들었지만, 제대로 보는 것은 이번이 처음이다.

부리부리한 눈, 근육으로 다져진 건장한 체격, 농구 선수만큼이나 큰 신장, 짧은 머리, 뺨에 길게 나 있는 자상.

듣던 것보다 훨씬 이미지가 강했다.

도수는 형식의 옆자리에 털썩 주저앉았다.

쓰러진 그들의 경호원들은 수태가 처리했다. 팔과 다리를 뒤로 묶고서는 꼼짝 못하게 한다. 그들을 모두 처리한 수태가 도수의 뒷자리에 와서 우두커니 섰다.

경태, 형식, 모필이 조금만 움직여도 목에 구멍을 뚫어지겠다는 의지가 가득하다.

꿀꺽.

그들은 마른침이 넘어갔다. 아무리 봐도 모든 경호원들은 쓰러트리고 온 것이 틀림없었다.

겨우 두 명이서…….

도수의 허무맹랑한 무용담은 많이 들었지만, 반쯤은 진실인 듯하다.

저 무지막지한 주먹에 맞으면 황소라도 쓰러질 것만 같았다.

도수는 책상다리를 한 채로 주위를 돌아보았다. 세 명의 사내들은 그와 눈을 마주칠 수가 없었다.

방금 전까지 도수와 기현을 잡고 회장 자리를 노렸던 그들이었지만, 도저히 눈앞에 있는 도수에게 정면으로 반박을 할 수가 없었다.

"이쪽은 저번에 봤던 형식이 형님."

도수가 형식을 바라봤다.

"바, 반갑네."

그는 도수와 눈을 마주치지는 못하고 고개만 끄덕였다.

악수를 해야 하는지, 회장님이라고 말을 해야 하는지 갈

피를 잡지 못했다. 당장이라도 도수가 저 두터운 팔로 목을 꺾을 것만 같았다.

쓰러져 있는 경호원들이 신음을 흘렸다.

아직 깨어나려면 한참 걸릴 거 같았다. 아무도 달려오지 않는 것으로 보아 모두 같은 처지에 놓여 있을 것이다.

형식은 자신을 도와줄 수하들이 없다는 것을 느꼈다. 눈앞에 있는 경태와 모필이 있었지만, 지금 이 상황에서 저들 역시 자신의 목숨을 유지하기 바쁠 것이다.

등줄기에서 식은땀이 줄줄 흘러내리고, 와이셔츠가 금방 젖는다.

그의 42년 인생 중에서 가장 위험한 순간이라 해도 과언이 아니었다. 당장이라도 도수가 날카로운 송곳니를 드러내고 목줄기를 잡아서 끊어 버릴 것만 같았다.

"이쪽이 경태 형님이신가."

도수가 짧게 머리를 자르고 차돌을 연상시키는 사내를 바라봤다. 그는 헛기침을 하며 대답했다.

"나, 나는 모필이라고 하네. 경태 형님은 이쪽이시고."

모필이 경태를 가리켰다. 경태의 표정은 심각하게 굳어 있었다.

만약 도수가 자신의 말을 들었다면 장담하건데 이곳에서 살아남을 수가 없었다.

그냥 드럼통에 갇혀 콘크리트에 묻힌 채 바다 속에 던져지는 것만이 아니다. 온갖 끔찍한 고문을 모두 당하고 나서야 죽음이라는 것을 선택을 해 주게 할 것이다.

그 과정이 두려웠다. 아직 회장에 대해서는 알려진 바가 없으나 기현이라면 어떤 인물인지 잘 알고 있었다.

그는 충신이다. 조선시대였다면 목숨을 초개처럼 던지는 무사였을 것이다.

그러나 적이라면 얘기가 달라진다.

그는 이리였다. 절대로 상대방의 목줄을 잡고서 목숨이 끊어질 때까지 물고 뒤틀며 자신을 헤집어 놓을 것이다.

상대의 숨통을 끊어 놓고 팔과 다리를 자른 채 웃을 사내.

그가 고통을 주기로 마음먹는다면 최소 일주일간은 살아도 산 것이 아니었다.

세 사내는 손가락 하나 움직이지 못했다. 뱃속이 부글부글 끓어오르고 머릿속이 쉴 새 없이 돌아가지만, 빠져나갈 구멍은 없었다.

도수는 그런 그들을 보며 싱긋 웃었다.

"한잔들 받으시지요."

도수가 맥주병을 들고는 한쪽 손으로 병을 잡고 옆으로 휘었다. 그의 손에 든 맥주병이 초콜릿처럼 뚝 하고 부러졌다.

놀라운 아귀힘에 그들은 멍하니 도수의 손을 바라봐야만 했다.

저 맥주병이 자신의 모가지라는 가정이 붙자 얼굴색이 창백하게 변해 간다.

도수는 목이 날아간 맥주병을 들고 세 사내의 잔에 맥주를 부어 주었다.

그들은 무의식적으로 두 손을 들어서 잔을 받았다. 손이 덜덜 떨리고 있었다.

특히 담이 작은 모필은 입술까지 파랗게 변했다. 손끝이 심하게 떨려 도수가 따른 맥주가 잔을 넘어서 탁자 위에 떨어졌다.

"얘기 시작하기 전에 시원하게 한 잔씩 하시지요."

이야기를 시작하기 전에.

그럼 이야기가 끝나면 어떻게 되는 것인가, 라고 묻고 싶지만 차마 입이 떨어지지가 않았다. 몇 분 전까지만 하더라도 장밋빛에 휩싸여 있던 그들은 절망적인 기분을 맛보고 있었다.

입안이 써서 맥주가 무슨 맛인지도 몰랐다.

도수는 깨진 맥주병에 있던 맥주를 모두 마시고 탁자에 쾅 소리가 나도록 내려놓았다.

세 명의 보스들이 깜짝 놀랐다. 그러나 도수를 바라보지는 못했다.

"경태……."

도수는 말을 놓았다. 그는 매섭게 경태를 쏘아보았다.

경태는 버릇이 없다느니, 감히라느니, 말을 하지 못했다. 그저 묵묵하게 고개를 숙이고 있을 뿐이었다.

"당신은 말이야…… 여기서 뭐하고 있는 거지?"

"무, 무슨 말인가. 여기서 무엇을 하고 있다니."

경태는 도수가 하는 말을 알아듣지 못했다.

"어이, 씨발놈아. 회장님이시다. 한 번만 더 말을 그따위로 하면 혀를 자르겠다."

수태의 소름끼치는 살기가 경태에게 곧바로 쏟아졌다. 경태는 작게 고개를 끄덕였다.

말 한마디만 잘못하면 목이 날아간다. 여기서 자존심 따위를 지킬 때가 아니었다.

"당신 말이야……. 도망을 갔어야지, 왜 여기에 있냐고."

도수가 다시 말했다.

"왜, 왜 제가 도망을……?"

경태는 말을 높였다.

목소리가 심하게 떨려 왔다. 어떤 말이 도수 입에서 나올까 불안하기만 했다. 그가 입을 여는 순간 목이 날아갈 것만 같았다.

"염민혁이 하고 붙어먹었다면서? 소문 쫙 났던데."

"그, 그게 무슨 소리입니까. 제가 염민혁이 하고 붙어먹다니요."

경태는 뒷목을 잡고 쓰러지고 싶은 심정이었다. 이럴 때 심장마비라도 와서 119에 실려 가면 살 수는 있을 것이다.

나중 일은 어떻게 될지 모르지만 이 자리만큼은 벗어나고 싶었다.

그토록 감추고 싶던 사실이 폭탄처럼 도수의 입에서 터져

나왔다.

하지만 형식과 모필의 충격은 더욱 컸다. 도수가 한 말이 무엇인지 대번에 알아들을 수가 있었다. 그들은 압구정 파의 염민혁이와 아무 관계가 없었다. 형식은 그들과 앞장서서 싸우기까지 했다.

잘못하면 싸잡아서 배신자로 죽음을 맞이할 수가 있었다.

"소문이 파다하다니까. 수태야."

"네, 회장님."

"그거 줘 봐."

도수가 손을 내밀자 수태는 정장 속주머니에 넣어 두었던 사진 몇 장을 꺼냈다. 그는 정중하게 허리를 숙이며 도수의 손에 사진을 얹었다.

도수는 들고 있던 사진을 보았다.

이야, 요즘 사진은 화질이 확실히 좋아. 얼굴에 주름까지 보여, 라는 말을 하고는 경태 앞에 던졌다.

사진에는 염민혁과 경태가 만나고 있는 장면이 생생하게 찍혀 있었다. 날짜는 한창 항전이 일어나고 있던 때였다.

"이, 이것은……."

인간의 얼굴이 이토록 창백해질 수는 없었다. 핏기가 싹 가져서 흡사 미라처럼도 보였다.

"봐, 당신하고 염민혁이 맞지? 내 눈깔이 병신이 아니라면 분명 당신인데."

경태는 사지를 부들부들 떨었다.

외통수였다. 도망칠 구석이 전혀 없었다. 그는 무릎으로 자리를 이동했다. 도수 옆으로 간 후 머리를 바닥에 마구 찧었다.

"회장님, 제가 잠시 눈이 멀었었습니다. 제발, 제발 한 번만 살려 주십시오. 모두 제 불찰입니다. 놈에게 넘어가지 말았어야 하는데, 제발 살려 주십시오."

도수를 죽여야 한다는 생각은 이미 대기권 밖으로 날려 보낸 후였다.

자신의 목숨이 경각에 달렸음을 본능적으로 느낀다. 무조건 빌어야 한다. 빌어서 도수의 마음을 조금이라도 움직이는 수밖에는…… 그가 살아날 수 있는 방법이 없었다.

"그래? 무엇이든 하겠단 말이지."

도수의 말에 어떤 희망을 얻었을까. 경태는 고개를 들고 눈물을 주룩주룩 흘렸다. 어떤 일을 시켜도 모두 하겠다는 절망의 의지가 담겨 있었다.

"무엇이든 하겠습니다. 어떤 일도 하겠습니다. 그러니 제발 살려만 주십시오."

"좋아, 그럼 일주일에 주지. 그 시간 안에 염민혁이를 잡아 와. 그럼 살려 주는 것은 물론, 네 자리도 보존하겠다."

"감사합니다. 정말로 감사합니다."

"가 봐. 딴생각하면 네놈이 보는 앞에서 가족들을 토막 내겠다."

"아, 알겠습니다."

경태는 자신의 일거수일투족이 감시를 당하고 있을 것이라 여겼다.

가족도 마찬가지였다. 어쩌면 이미 인질로 잡혔을지 모른다.

그가 살아날 길은 염민혁이를 잡아서 도수의 눈앞에 받치는 거 하나였다.

경태는 거듭 도수에게 인사를 한 후 뒷걸음질로 방을 빠져나왔다.

그는 쓰러져 있던 수하들을 깨워서 밖으로 나갔다. 겁에 질린 종업원들이 멀찌감치 떨어져서 지켜보고 있지만, 그들의 시선을 신경 쓸 때가 아니었다.

도수는 형식과 모필에게 고개를 돌렸다.

그들은 도수가 경태를 살려 준 것을 보고는 조금은 마음이 놓이는 모양이었다. 얼굴색이 한결 좋아졌다.

도수는 입술을 뒤틀었다.

"자신들도 살려 줄 것으로 착각하는 모양이군, 큭큭."

늑대처럼 안광을 보이며 낮게 웃었다.

분명 웃었지만, 형식과 모필에게는 그렇게 들리지 않았다. 연약한 초식동물을 잡기 위해서 몸을 낮추고 단숨에 끝장을 내려는 위협으로 보였다.

"참고로 말이지…… 경태는 일주일이라는 시간 동안 지옥을 맛보게 될 거야. 시간의 흐름이란 얼마나 위대한지도 알게 될 것이고."

"자, 잘못했습니다. 제, 제발 아량을."

형식이 무릎을 꿇었다.

아직 다친 다리가 완전하지 않기에 무릎을 꿇으며 상당한 고통을 느껴야 했다.

아니, 도수가 자신들의 말을 들었다면 양쪽 아킬레스건으로는 끝나지 않는다.

모필도 형식을 쫓아 무릎을 꿇었다. 그들은 고개를 바닥에 부딪치며 인정을 베풀어 달라고 말했다.

"살고 싶나?"

도수는 맥주병을 하나 더 들었다. 맥주병을 잡고 옆으로 당기자 손쉽게 뚝 하고 부러졌다. 내용물이 부풀어 올라 도수의 손을 타고 흘러내렸다.

도수는 맥주병의 날카로운 유리를 형식의 턱에 가져다 댔다.

힘을 주자 푹 소리와 함께 유리 조각이 그의 턱에 박혔다.

고개를 숙이고 있던 형식의 턱이 올라온다.

그의 얼굴이 심하게 일그러져 있었다. 생상을 뚫고 들어오는 엄청난 고통이 느껴지고 있을 것이다.

"너희들은 대치동 파와의 전쟁에서 선봉에 선다."

"크흑, 대, 대치동 파와 부, 붙을 생각입니까. 그, 그들은 저희보다 훨씬 강합니다. 압구정 파와는 비교도 되지 않아요."

"그건 당신들이 결정할 일이 아니야."

도수가 씨익 웃으며 말했다. 그의 눈동자가 조직의 중간 보스들을 훑었다. 팔다리가 쉬지 않고 떨려 왔다. 영양이 왜 사자를 보면 미친 듯이 도망을 가는지 그들은 본능으로 뼈저리게 느끼고 있었다.

"아, 알겠습니다. 놈들과의 전쟁에서 저희가 목숨을 걸고 앞장서겠습니다."

"그래. 놈들과의 전쟁에서 장렬하게 산화해라. 그럼 용서해 줄 것이다."

"그, 그 말은?"

결국 죽으란 말과도 같았다. 너희가 그들과 전면에 나서서 싸워 죽으면 더 이상 죄를 묻지 않겠다는 말.

"나의 목숨을 노린 죄다. 이 정도면 합당한 것 같은데, 너희 가족들은 내가 책임지겠다."

마지막 통첩이었다.

이제는 죽을 수밖에 없었다. 최대한 장렬하고 깔끔하게 죽어야 한다.

"알겠습니다. 회장님의 명령에 따르겠습니다."

도수는 모필을 바라봤다. 그 역시 고개를 숙이며 형식과 같은 말을 했다.

이제 그들은 빠져나갈 수가 없었다.

죽지 않으면 모두가 죽는다. 죽으면 그들의 소중한 사람들이 산다.

선택의 여지는 없었다.

수태가 도수를 처음 본 것은 회장 취임식 며칠 전이었다. 기현이 그에게 간곡하게 형님을 부탁한다고 말을 했을 때였다.

수태가 가장 존경하는 사람은 민태가 아닌 기현이었다. 젊은 나이임을 감안해도 사람을 압도하는 카리스마와 뛰어난 두뇌는 그가 가장 닮고 싶어 하는 이상향이었다.

그렇기에 기현이 도수를 부탁한다는 말을 듣고는 이해가 되지 않았다.

왜?

이 물음이 가장 컸다.

갑자기 유명해진 인물.

그는 도수를 믿지 않았다. 믿을 수도 없는 인물이라고 생각했다.

싸움만 잘하는 자라면 그의 밑에 있는 동생들 중에서 얼마든지 뽑을 수가 있었다.

그는 기현에게 물었다. 왜 형님이 직접 회장 자리에 오르지 않냐고, 형님이라면 충분히 회장 자리를 역임할 수가 있다고.

기현은 수태를 보며 빙그레 미소를 지으며 말했다.

"너 도수 형님 본 적 없지?"

수태는 그렇습니다, 라고 심드렁하게 대답했다.

그가 25년 인생을 살면서 대단한 사람이라고 느낀 자들은 민태와 기현뿐이었다.

나머지 중간 보스인 경태, 형식, 모필은 중간에서 먹이만 노리는 하이에나 같았다.

왜 저런 사람들이 조직의 우두머리인지 모른다고 기현에게 물어본 적도 있었다. 그때에도 기현은 수태의 어깨를 두드리며 말했다.

"수태야, 영화 보면 모두 주인공만 있는 것이 아니잖아. 주인공도 있고, 악역도 있고, 조연도 있고, 엑스트라도 있고, 안 보이는 곳에는 감독도 있잖아. 우리 조직도 마찬가지야. 아니, 사회 전체가 마찬가지야. 그 사람들도 그 나름에 쓸모가 있으니 그런 자리에 앉은 거다. 그러니까 너무 불만 갖지 말아라."

듣고 보니 맞는 말이었다.

하지만 회장 자리는 일반적인 위치가 아니었다. 조직의 톱니바퀴가 아닌 최종 결정권자였다.

그의 말 한마디의 수십 명이나 되는 조직원들이 죽을 수도, 살 수도 있었다. 그렇기에 수태는 이해를 하지 못한 것이다.

"수태야."

"네, 형님."

"세상에는 수많은 종류에 인간들이 있단다."

"알고 있습니다, 형님."

"그 많은 사람들 중에 최정상에 오를 수 있는 운을 타고

난 자들도 있지. 태양처럼 말이야. 강렬한 그 끌림은 운명처럼 다가오기도 하지."

"설마, 도수라는 자가 그렇다는 말씀은 아니겠죠. 저에게 태양은 민태 형님과 형님뿐입니다."

"후후, 나도 그 사람을 만나기 전에는 그렇게 생각했다. 민태 형님이 서울의 최고가 될 거라고."

"아니란 말씀입니까?"

"100번 말을 해 봤자 어찌 알겠니. 직접 만나 보렴. 직접 만나서 네가 판단을 하려무나."

기현은 수태에게 그렇게 말했다.

이후 수태가 도수를 처음 만난 것은 회장 취임식 이틀 전이었다.

기현은 도수에게 경호원이라며 수태를 붙여 주었다.

도수는 괜찮다고 말했지만, 기현은 절대로 물러나지 않았다.

민태가 은퇴를 하는 마당에 도수가 쓰러지면 말 그대로 신사동 파는 끝장이 난다.

그에게는 도수를 보호할 책임과 의무가 있었다. 물론 쉽게 당할 그가 아니지만 세상일이라는 것은 모른다.

막말로 어떤 미친놈이 수십억이라는 돈을 쏟아부어 1㎞ 밖에서 도수를 저격한다면 손도 쓸 수가 없었다. 그럴 일은 없겠지만, 그만큼 도수의 안전은 중요했다.

기현은 문을 열고 수태를 들어오게 했다. 수태는 깔끔하게 정장을 입은 상태로 사무실로 들어갔다. 그는 기대하는 바가 없었다.

아니, 어떤 인간인지는 조금 궁금 했으려나?

문밖에서 들려오는 목소리는 대부분이 기현의 목소리였기에 수태는 도수에 대해서 그때까지도 판단하지를 못했다.

얼마나 잘난 인간인지, 어떻게 머리를 쓰는 자인지, 어떤 식으로 지금까지 살아남았는지를 말이다.

문을 연 순간 수태는 사무실 안에서 화끈한 열기를 느꼈다. 밖에 사무실과 안의 사무실에 온도는 다르지 않았지만, 그는 그렇게 느꼈다.

그렇게 처음 도수를 보았다.

도수를 보는 순간 수태는 얼어붙고 말았다.

무엇인가 거대한 것이 자신을 덮쳐 오는 상상을 하게 되고, 자신도 모르게 뒷걸음질을 쳤다. 발목에 있던 칼을 꺼낼 생각도 못했다. 그의 등은 문에 부딪쳤다.

"야 인마, 뭐해. 형님, 제가 말한 수태입니다. 쓸 만한 놈입니다."

기현이 도수에게 수태를 소개했다.

그제야 수태는 정신이 들었다.

자신도 모르게 겁에 질렸던 것이다. 저 거구의 사내에게.

거구의 사내, 도수는 수태에게 다가와서 어깨에 손을 얹었다.

그는 무덤덤하게 말했다.

"마도수다. 잘 부탁한다."

"네? 네, 잘 부탁드립니다."

수태는 90도로 허리를 굽혔다. 이마에서 방울방울 땀이 흘러 카페트 위에 떨어졌지만 그것조차 알 수 없을 만큼 수태는 긴장을 했다.

도수가 말을 하고 나서야 숨을 쉴 수 있는 것 같았다.

마치 수십 미터를 잠수하고 간신히 바다 속에서 빠져나온 느낌이었다.

그때가 도수와의 첫 만남이었다.

왜 기현이 도수에 대해서 극찬을 했는지 수태도 알았다.

이자는 천재가 아니었다.

이자는 대단한 노력가도 아니었다.

그저 인간의 형상을 한 사나운 맹수가 도시를 활보하고 있는 것이다.

수태는 도망치듯 한식집을 나가는 형식과 모필을 보며 빙그레 웃었다. 너희들에 약한 기력으로는 형님의 기를 받아낼 수도 없어, 라고 웃는 듯했다.

도수가 고개를 돌리며 수태에게 물었다.

"왜 실실 웃고 있어?"

"하하, 아닙니다. 제 목숨을 바쳐 모시겠습니다, 형님."

"뜬금없는 소리. 부담된다, 목숨까지는 바치지 마라."

도수가 고개를 흔들었다.

"그거야 제 맘이지요."

"이놈이나, 저놈이나 제멋대로군. 회장은 무슨."

도수의 말에 수태는 온몸이 짜릿해지는 것을 느꼈다.

이 사람이다.

이 사람이 자신을 인정했다.

겨우 그것뿐인데…….

온몸에서 소름이 돋았다.

성태처럼 죽지 않으리라.

이 사람이 어디까지 뻗어 나가는지 반드시 보고 말 것이다.

수태는 주먹을 꽉 쥐고 자신의 심장에 맹세했다.

*   *   *

유정과 도수는 예술의 전당에 나와 있었다. 평생 영화관도 몇 번 가 보지 못한 도수였다.

고급스럽게 만들어진 건물들을 보며 도수는 입을 다물지 못했다.

사람들도 꽤나 많았다.

풍선을 든 남녀 아이들, 부모들이 자식들을 자랑하기 위해서인지 하나같이 인형처럼 차려입혔다. 외국인들도 꽤나 눈에 띄었다. 가장 눈에 띄는 것은 혼자서 책을 잃고 앉아 있는 남녀들이 많다는 것이다.

그들은 다리를 꼬고 앉아서 책장을 넘겼다. 그들 옆에는 플라스틱 덮개로 덮인 커피 잔이 놓여 있었다.

도수에게는 참으로 멋쩍은 자리였고, 자신과는 맞지 않는다고 여겨졌다.

그가 이곳에 와 있는 이유는 유정이 때문이었다. 둘이 전화 통화를 하다가 유정은 오빠, 언제 취직해요, 라고 물음에 도수는 얼떨결에 취직이 됐다고 대답했다.

유정은 매우 기뻐했다.

이제는 오빠가 쏘는 술을 마실 수 있다고 말하며 취직 턱은 자신이 쏘겠다고 말했다. 도수는 괜찮으니 자신이 사 주겠다고 말을 했으나 유정은 크게 웃으며 대답했다.

"부담스러워하지 말아요, 오빠. 나중에 돈 많이 벌면 그때 쏘세요. 전 입사 3년차니 모아 둔 돈이 있지만 오빠는 없잖아요."

배려해 주는 그녀가 고마웠다. 유정을 속이고 있다는 죄책감이 컸지만, 그렇다고 사실대로 말을 할 수는 없는 노릇이었다.

두 시간 뒤에 유정에게 연락이 왔다. 그녀는 예술의 전당에서 만나자고 했다. 아는 선배한테 발레를 싸게 예매했으니 그것을 보자고 했다.

도수는 자신의 귀를 의심했다.

예술의 전당만 하더라도 아주 가끔 차를 타고 가다 '와, 엄청난 크기에 호텔이군' 이라고 착각을 했었는데…….

나중에야 그곳이 예술의 전당이라는 것이 알았지만, 그만큼 관심이 없는 곳이기도 했다.

더군다나 발레라니.

발레라는 것은 남자가 해괴망측한 옷을 입고 춤을 추던 것으로 기억이 난다.

어렸을 적에는 차마 민망해서 제대로 쳐다볼 수도 없었었다.

유정이 발레를 보자고 했을 때 도수는 발레라는 것을 봐야 하는지, 다음으로 약속을 미뤄야 하는지 심각하게 고민을 해야 했다.

유정이 오빠, 시간 없으면 다른 남자랑 가고요, 라고 말을 하는 바람에 도수는 마음을 굳힐 수밖에 없었다. 유정과 만나서 발레를 보기로 했다.

"오빠, 이리로 가야 돼요."

유정이 도수의 손을 잡고 이끌었다.

이제는 개의치 않고 손을 잡는다. 도수는 아직도 어색한 감이 없지 않았지만, 내버려 두었다. 그녀와 손을 잡고 있으면 마음이 편해진다.

시작 시간은 30분 정도가 남아 있었다.

유정은 도수를 데리고 편하게 앉아 있을 수 있는 곳으로 데려갔다.

카페에 앉아 커피를 홀짝였다. 달콤한 것이 생각보다 마음에 들었다. 아무래도 유정이 자신을 배려해 준 거 같았다.

유정은 팸플릿은 가지고 와서 도수에게 주었다.

"저희가 볼 건 이거에요."

꽤나 고급스러운 팸플릿이었다. 발레의 주인공은 똑같은 사람이 매일 나오지 않는다는 것도 처음 알았다. 등장인물은 수십 명이 넘었다.

영화처럼 주구장창 틀어 놓는 것이 아닌 하루에 겨우 한두 번만 공연을 하면서 과연 이 사람들이 모두 먹고 살 수 있을까, 라는 괜한 궁금증이 떠올랐다.

공연의 제목은 로미오와 줄리엣.

전 세계적으로 유명한 인물들이다. 이들에 대해서 못 들어 본 사람은 거의 없을 것이다. 학교를 다닌 사람들이라면 어떤 식으로 내용이 흘러가는지도 알 수 있었다.

"이거 둘 다 죽는 비극 아니야?"

도수가 물었다.

"맞아요."

"아는 내용은 왜 보지?"

가장 궁금한 것이다. 마니아라면 모를까, 보통 사람들은 봤던 것을 또 보고, 알던 것을 또 듣고, 읽었던 것을 또 읽지는 않는다.

특히 로미오와 줄리엣처럼 유명한 이야기라면, 이라고 도수는 생각했다.

"음, 그건 시대의 따라 다르게 해석을 할 수 있게 된다고 해야 할까? 음악이나 영화도 그렇잖아요. 예전에 좋았던 노래를 현대식으로 해석하거나 좋았던 영화를 다시 리메이크

한다든지. 그런 거죠."

"그런가. 하긴 생각하기 나름이니까."

"맞아요. 원작과 연출자의 생각이 다르면 완전히 판이한 작품이 나오기도 하죠. 그래서 대단한 고전 문학은 여러 방향으로 해석을 할 수가 있어요. 모나리자가 웃는 것이다, 남자다, 여자다, 슬픈 것이다. 뭐, 등등 이런 식으로 아직까지 논란이 있는 것처럼요. 물론 저희는 그럴 필요까지는 없죠. 그저, 아 재미있다, 재미없다만 느끼면 되요. 가장 본질적인 거죠. 예나 지금이나 재미가 있어야 작품이 팔리니까요. 그러니까 로미오와 줄리엣이라는 작품을 알고는 있지만 보고 나서 와, 재밌다, 라고 느끼면 되는 거라고요. 알았습니까, 오라버니?"

도수는 고개를 끄덕였다.

유정과 같이 있으면 즐거운 이유 중에 하나가 바로 박학다식함 때문이었다.

공부를 많이 하여 이렇게 된 것 같지는 않았다. 본래 상식이 풍부하고 책을 좋아하는 듯했다.

그렇다고 아는 체를 하지도 않았다. 알아듣기 설명을 해줘서 기분이 나쁘지도 않았다.

오히려 몰랐던 일을 알게 돼서 기쁘기까지 했다.

공연 시간이 다 되었다.

공연 시간은 3부로 나눠져 있었다.

40분, 1시간, 40분. 발레나 연극은 사람들이 직접 몸으로 보여 주는 것이니 쉬는 시간이 있는 것은 당연하다고 여겨졌다.

그래도 40분 혹은 1시간 이상을 공연해야 하는 입장에서는 꽤나 힘들 것 같았다.

도수와 유정은 2층 자리에 앉았다. 2층에서도 가장 앞자리였다. 그냥 싸다고 유정이 얘기했지만, 나중에 알고 보니 10만 원도 넘는 고가의 자리였다.

도수는 손가락에 깍지를 끼고 발레를 보았다. 등을 최대한 뒤로 붙였다.

워낙 큰 덩치이기에 어떤 식으로 앉아도 불편했지만, 그 정도는 감수할 수가 있었다.

발레란 연극처럼 대화라든지, 뭔가 나온다고 생각했다. 하지만 그런 것은 없었다.

남사스럽게 아랫도리가 훤하게 보이는 사람들이 나와서 춤을 췄으니까.

그런데 참으로 신기했다.

첨에는 저런 짓을 왜 하냐, 왜 비싼 돈을 주고 그런 것을 보나, 그랬지만 점점 보다 보니까 굉장한 흡입력을 갖췄다는 것을 알게 됐다.

내용은 알고 본다.

대화는 하나도 없었다. 그러나 무슨 말을 하려는지는 팸플릿을 통해서 알고 있었다.

그런데 눈을 떼지 못하게 하는 그 무엇인가가 있었다. 도수는 40분의 공연 동안 한마디도 하지 않은 채, 눈을 돌리지도 않고 발레를 보았다.

쉬는 15분 시간 동안 도수와 유정은 화장실을 갔다 왔다.

여자 화장실 앞에는 꽤 많은 남자들이 여자들의 핸드백을 들고 서 있었다.

도수는 같이 서 있기는 하지만 핸드백을 들고 서 있지는 않았다. 유정이 자신의 핸드백을 들고 들어간 덕분이었다. 어쩐지 다행이라는 생각이 들었다. 화장실 앞에서 서 있는 것이 나쁘지는 않지만, 저런 사람들과 같이 서 있는 것이 어쩐지 창피했다.

"어때요, 오라버니?"

유정이 도수의 팔짱을 꼈다. 이제는 너무 자연스럽게 낀다.

사귀는 것도 아닌데. 가끔은 부담스럽다는 느낌도 들었다. 유정의 남자 친구가 없다는 것은 알지만 차마 사귀자는 말도 하지 못했다.

아니, 해서는 안 될 말이라고 느꼈다.

"뭐가?"

"공연이요."

"음, 나쁘지 않네."

"후후, 그렇죠. 역시 내 눈이 정확했다니까. 오빠는 겉모습과 다르게 감정이 충만하다니까요."

"그런 게 보여?"

"그럼요. 제가 기자 생활 3년입니다. 이 일을 하는 덕분에 사람 보는 눈이 생겼다고 할까요."

"나는 어떻게 보이는데."

"음, 오빠는……."

유정은 허공을 보며 손가락 하나를 입술 댄 후 잠시 생각에 빠졌다. 그 모습이 굉장히 귀여웠다. 악착 같이 사람들과 힘을 나누던 억센 기자처럼 보이지가 않았다.

"오빠는…… 슬퍼 보여요."

"슬퍼 보여?"

"네, 뭐랄까. 겉으로 보기에는 굉장히 무섭잖아요. 본인도 인정하죠?"

인정을 해야 하나.

"어쨌든."

"오빠의 뒷모습은 너무 쓸쓸해요. 그게 이상하게 사람 마음은 아프게 해요."

"영화를 너무 많이 봤군."

"헤헤, 그럴 수도 있고요. 결론은 오빠랑 있는 것이 즐겁다는 것! 자, 2부를 보러 갑시다."

유정은 도수의 팔짱을 낀 채로 공연장 안으로 들어갔다.

예상치 못한 일은 2부가 끝나고 터졌다.

3.

공연장에서

CITY
WILD BEAS

2번째 휴식 시간이었다. 갑자기 공연장 2층에서 앙칼진 목소리가 울려 퍼졌다. 공연장 내이기에 목소리의 울림은 굉장히 컸다.

유정은 얼굴이 시뻘겋게 달아올랐다. 얼굴 근육들이 푸들 푸들 떨려 왔다. 워낙 화가 나서인지 말도 제대로 하지 못했다.

"제가 당신의 가방을 훔쳤단 말입니까?"

유정의 음성도 높아졌다.

그녀의 옆에 앉았던 중년의 여인은 눈을 갈고리처럼 뜨고 있었다.

그녀 역시 꽤나 흥분한 것처럼 보였다. 여우의 머리가 보이는 털을 목에 두른 그녀는 맹렬하게 유정을 몰아세웠다.

"내가 여기 의자에 가방을 놔둔 것은 잘못이야. 깜빡했으니까. 그래서 화장실에 가다 말고 다시 왔다고. 이곳에서 내 가방에 대해서 눈치를 챌 사람은 당신밖에 없어. 어디다 숨긴 거야?! 그 속에 돈이 얼마나 들었는지 알아, 이년아! 빨리 말해! 경찰에 신고할까?"

중년 여인의 음성은 더욱 높아졌다.

"도대체 무슨 증거로 저한테 이러세요? 저는 아줌마 가방 본 적도 없다고요."

"도둑년 같으니라고. 딱 보면 알지. 흥, 옷차림은 허름하고, 얼굴은 반반하네. 돈은 없고, 돈은 벌고 싶고, 이 쌍년. 너 같은 년을 몇 번이나 겪었어. 당장 내놔."

중년 여인은 유정에게 와락 달려들었다.

그녀는 유정의 멱살을 잡은 채 바깥쪽으로 끌어당겼다. 꽤나 힘이 센지 유정이 딸려 갔다.

"놔요! 왜 이래요, 정말."

"이년이 정말! 무서운 맛을 봐야 정신을 차리지. 내가 누군지 알아? 이년이!"

중년 여인에 말에 유정은 순식간에 도둑년이 되고 말았다.

유정은 발버둥을 쳤다. 그녀의 얼굴에서는 억울하다 못해 분노가 떠올라 있었다.

"야, 이년아. 내 가방 어디 있어! 당장 내놓지 않으면 정말 감방 갈 줄 알아."

"무슨 가방이요. 당신 가방 본 적도 없다고요."

"도둑년은 다 그렇지! 저기요, 112에 신고 좀 해 줘요. 도둑년 잡았다고!"

중년 여인은 주변을 향해서 고래고래 소리를 질렀다.

패딩 점퍼를 입고 있던 유정은 머리채를 잡힌 채 제대로 소리도 지르지 못했다.

그녀가 도와달라며 주위를 바라봤지만, 선뜻 나서는 사람은 없었다. 몇몇은 호기심이 가득한 얼굴로 중년 여인과 유정의 몸싸움을 지켜봤다.

"여보, 마침 잘 왔어. 이년이 내 가방을 훔쳤지 뭐야!"

건장한 사내가 나타났다.

운동을 했는지 아니면 그쪽 세계 사람인지 체구가 무척이나 좋았다. 눈은 부리부리하고 머리카락은 짧았다.

"사람들 보잖아, 점잖게 말해."

사내가 확성기처럼 두꺼운 목소리로 말했다.

그제야 화장을 떡 칠한 중년 여성이 유정의 머리카락을 놓았다.

"무슨 일이야?"

사내가 중년 여인에게 물었다. 그녀는 입에 침까지 튀며 자신이 처한 상황을 설명했다. 누가 듣더라도 유정이 도둑이고, 그녀가 피해자였다.

하지만 자세히 들어 보면 철저하게 여자의 입장에서만 설명을 하고 있다는 것을 알아차릴 수 있을 것이다. 물론 거기까지 생각하는 이들은 주변에 아무도 없었다.

아내의 얘기를 다 들은 사내의 얼굴이 붉게 변했다. 화가 난 표정.

그의 시선은 유정에게 향했다. 자신이 잘못한 것이 하나도 없지만 이들에게 아무리 말을 해도 통하지 않을 것이라는 예감을 그녀는 느꼈다.

변명도 통하지 않는다. 그들은 그녀를 범인으로 믿고 있었다. 자초지종도 듣지 않는다.

"기분 좋게 공연이나 관람하러 왔더니, 이 쌍년이 초를 쳐?! 와이프 핸드백 어디 있어!"

사내가 유정의 멱살을 잡았다. 힘이 센 사내에게 멱살을 잡히자 유정은 힘없이 끌려갔다. 사내의 아내는 맛 좀 봐라, 라는 표정으로 팔짱을 낀 채 비웃음을 짓고 있었다.

울분이 터지는 유정이었지만 지금은 어쩔 수가 없었다.

"놔요. 좋은 말할 때."

그녀는 독기가 어린 눈빛으로 사내를 바라봤다.

"좋은 말할 때? 참, 기가 막혀서. 도둑년 따위가!"

짜아아악—

엄청난 소리가 홀 안에 가득 퍼졌다.

유정의 고개라 옆으로 휙 돌아가고 입술이 터져서 피가 튀었다. 그녀는 어금니를 강하게 물며 고개를 돌려 사내의 눈을 바라봤다.

"놔요, 난 잘못한 것 없어요."

"개소리 마, 이년아. 하늘이 알고 땅이 알아. 네년이 도둑이잖아."

사내는 다시 손바닥을 들었지만, 유정은 눈을 질끈 감지 않고 그를 매섭게 노려보았다.

음료수 캔 두 개를 사 가지고 가던 도수는 그 상황을 뒤늦게 발견했다.

유정이 어떤 여자에게 머리를 잡혀 있었다.

황당했다. 그가 잠깐 자리를 비운 동안 무슨 일이 있었던 것일까.

유정이 사내에게 따귀를 맞는 장면을 본 순간 도수는 머릿속이 하얗게 변했다. 가슴이 심하게 뛰며 살의가 생겨났다.

도수가 안쪽으로 들어가려고 할 무렵 누군가 그의 팔목을 잡았다.

"수태?"

"네, 형님. 접니다."

도수는 의아한 표정을 지었다. 분명 오늘은 집에 들어가라고 말을 했을 텐데.

"죄송합니다. 집에 들어가실 때까지 제가 맡은 임무가 있어서요."

수태는 멋쩍은 표정을 지으며 작은 핸드백을 건넸다.

"이놈입니다. 이놈이 저 아줌마의 핸드백을 훔치더군요."

그는 정장을 입은 말끔한 사내를 잡고 있었다.

누가 보더라도 일반 회사원. 하지만 눈빛은 쥐처럼 뒹굴거렸고, 입술은 앵무새처럼 조잘거리며 살려 달라고 말했다.

"일반인인가?"

"아닙니다, 좀도둑입니다. 이런 곳에 자주 드나들며 좌석에 핸드백을 깜빡 잊고 가는 자들을 터는 겁니다."

도수는 고개를 끄덕이고는 사내의 턱 끝에 손을 대고 고개를 들었다.

서로의 눈이 마주쳤다.

"한 가지 묻지."

"무, 물으십시오."

"너에게는 두 가지 선택 사항이 있다. 결정은 순수하게 네가 해라. 하나, 죽는다. 둘, 저기 가서 상황을 설명하고 감방에 가라. 대신 네가 나오면 거둬 주겠다."

"거, 거둬 주겠다는 말씀은?"

젊은 사내의 눈빛이 매우 흔들렸다.

수태에게 잡혔을 때는 재수가 없으려니 했지만, 도수를 보고 나서부터 다리가 걷잡을 수 없이 떨리고 있었다. 심장이 밖으로 튀어나올 것 같은 느낌을 억지로 참았다.

그 와중에 이 사내의 정체가 궁금해지는 것은 아이러니했다.

"우리 회사에 신입 사원으로 넣어 주지."

"회, 회사요?"

"그래, 더 이상 묻지 마라. 나중이 되면 다 알게 되는 것이니까. 정해라."

두 번 생각할 필요가 없었다.

젊은 사내는 고개를 끄덕였다. 벌써 세 번이나 교도소에 갔다 왔다. 한 번 더 간다고 해서 두려울 것은 없었다.

하지만 거구의 사내가 말한 죽을 테냐, 라는 말은 정말로 무서웠다.

정말 죽이기야 할까, 라는 생각도 했지만, 정말로 죽을지도 모른다는 본능이 그의 신경을 계속 건드렸다.

"따라와."

도수는 젊은 사내를 데리고 공연장 안으로 들어갔다. 공연 시간이 지났지만 꽤나 어수선했다. 공연 관계자가 다가와서 덩치의 사내와 여인에게 밖으로 나가서 얘기하면 안되냐고 했으나 그들은 그러지 않았다.

막무가내였다. 경찰을 불러오라고 계속해서 고함을 친다. 처음에는 흥미롭게 쳐다보던 사람들도 이제는 짜증 섞인 표정이 역력했다.

도수가 유정의 옆에 섰다. 그가 나타나자 주변 사람들이 자신도 모르게 뒤로 물러났다. 사내와 중년 여인도 움찔거렸다. 도수는 사내의 팔목을 잡았다.

"아악."

팔목을 잡았을 뿐인데 사내는 고통스러운 소리를 내뱉으며 손아귀에 힘을 풀었다.

적지 않은 덩치를 가진 사내였지만 도수에 비하면 너무나 가녀려 보였다. 그의 눈동자에서 갈등이 스치고 지나갔다.

"오빠."

독기가 가득 담겼던 유정의 눈동자가 그제야 부드러워졌다. 그가 온 것만으로 분위기 확연하게 바뀌었다.

도수는 그녀를 향해서 안심하라는 의미로 고개를 끄덕이고는 사내를 향해서 낮게 말했다.

"뭐하는 짓이지."

"다, 당신 누구야. 악, 이것 놔."

"당신은 이 여성분이 놔 달라고 할 때 안 놓지 않았나?"

"그거야 이년이 도둑이니까……."

"누가 도둑이라고 하던가."

"상황 증거상……."

"상황 증거? 웃기는군."

도수는 사내의 팔을 놔 주고는 주머니 안쪽에 있던 지갑을 꺼냈다. 그리고 주변 아무런 곳에나 던졌다.

"내 지갑이 없어졌군. 내가 판단하기로는 당신이 범인이야."

그는 사내의 멱살을 잡았다.

사내가 뭔가 말을 하려고 했지만 숨을 쉴 수 없을 정도로 목이 조여 왔다. 그것뿐만이 아니었다. 그의 몸이 엄청난 힘에 의해 둥실 떠오르는 것이 아닌가.

"당신이 도둑 같아."

"무, 무슨 컥컥, 헛소리야. 당신 지갑은 저곳에……."

사내가 숨을 거칠게 쉬며 간신히 말을 내뱉었다.

"사람 죽어요! 이 사람을 잡아요, 살인자가 분명해요!"

갑자기 중년 여인이 고래고래 소리를 질렀다. 그녀는 공연 관계자에게 도수를 잡아 가라면서 경기가 일으킬 정도로 큰소리로 떠들었다.

도수는 사내의 멱살을 놔 주었다.

눈살이 심하게 일그러진다. 그는 손을 내밀어 수태에게 핸드백을 받았다. 그리고 중년 여인의 발밑에 던졌다.

"당신 지갑 맞지?"

"이 잡것들, 한 년이 아니라 둘이 도둑이잖아."

그녀는 사람들에게 들으라는 투로 크게 말했다.

참지 못한 수태가 잡고 있던 사내를 앞으로 데리고 왔다. 그의 팔목을 뒤로 묶여 있었다. 혹시 모를 사태에 대비해서 묶어 둔 것이다.

"이 사람이 훔쳤소."

수태의 말은 큰 파장을 형성했다. 잡힌 사내가 고개를 푹 숙이고 있었고 순순히 자신이 훔쳤다는 것을 시인하자, 그 제야 중년 여인의 외침이 멈췄다.

조금은 민망한 얼굴이다.

"사과하시지."

도수가 말했다.

당장이라도 이 년놈들을 쳐 죽이고 싶은 마음이 들었지만 그럴 수는 없었다. 그는 살의를 최대한 억눌렀다.

중년 여인은 잠시 머뭇거렸다. 그녀는 사과 없이 핸드백을 들고는 남편을 끌고 밖으로 나가려고 했다.

"사과하란 말 안 들리나!"

도수가 음성이 높아졌다.

공연장 안을 그의 목소리가 쩌렁쩌렁하게 울려 퍼졌다.

깜짝 놀란 그녀와 남편이 멈칫거렸다.

그들은 유정을 향해서 고개를 살짝 까닥거린 후 다시 나가려고 했다.

수태가 그들의 앞을 막았다. 당신 뭐야? 라고 그들이 외쳤지만, 수태는 비켜 주지 않았다.

도수가 그들의 뒤에 섰다.

이제까지 한 발 물러나 있던 주변 사람들까지 그들을 에워쌌다.

누군가 말했다.

"사과해."

다시 누군가 말했다.

"사과해."

그들은 당황했다.

"우, 우리가 뭘. 상황이 그랬잖아, 당신들도 알잖아. 당연히 저 여자가 도둑으로 보였잖아요."

중년 여인이 소리쳤다.

아무도 듣지 않는다.

사람들의 시선에서 싸늘한 눈빛만 그들을 너울처럼 감쌀 뿐이었다.

　"당신 이리 와."

　도수가 사내에게 손짓을 했다.

　그는 주춤거렸다. 자존심이 상하는 표정이었다. 그러나 갑자기 변한 주변에 분위기도 무시할 수는 없었다. 자신들이 잘못했다는 것은 확실하지만 사과는 하기 싫다는 표정이 역력하다. 변수는 덩치 큰 사내였다.

　뭔가 있다는 것을 직감적으로 느낀다.

　"좀 조용히 해."

　사내는 아내를 만류했다. 더 이상 사태가 커지기를 원하지 않는다.

　"닥치고 이리 와. 내 인내심에 한계야."

　도수가 손짓을 했다. 그보다 나이가 많지만 전혀 꺼릴 것이 없이 보였다.

　사내가 도수의 앞으로 천천히 내려왔다. 유정의 멱살을 잡을 때와는 전혀 다르다.

　"사과하지."

　도수가 다시 말했다.

　사내가 죄송합니다, 라고 말했다. 도수는 가볍게 그의 어깨를 잡아서 밑으로 짓누른다. 사내가 고함을 치려고 했지만, 여기서 허튼소리 하면 당신들 엄한 사람 잡은 것이 다 드러날 거야, 라는 말에 제대로 말도 하지 못했다.

입을 벌리고 눈이 크게 떠진다.

"당신 아내도 이리 오게 해."

사내는 덜덜 떨며 아내를 불렀다. 그의 아내는 불만이 많은 표정이었다. 아직도 상황을 제대로 인식하지 못하는 듯했다. 도수가 사내의 쇄골에 손가락 하나를 넣었다. 여차하면 부러트릴 생각이다.

사내는 기겁하면서 아내에게 닦달했다. 중년여인은 유정에게 미안해요, 제가 잘못 알았네요, 라고 말했다.

개운치는 않았다.

하지만 유정이 고개를 저으면서 그만했으면 했다.

둘은 끝까지 공연을 관람하지 못했다. 그럴 기분도 아니었다.

그들은 밖으로 나왔다. 수태와 청년도 함께였다.

청년은 분위기가 흐지부지되며 가까스로 살아남았다. 도망가지는 않았다.

관계자들이 곧 경찰이 온다고 했지만 개의치 않았다.

"고마워요, 그쪽도요."

유정이 수태에게 인사를 했다. 수태는 90도로 인사를 했다.

"아닙니다. 저희 회, 아니, 형님 일인데 도움이 된 것만으로도 감사합니다."

하마타면 회장님이라고 할 뻔한 수태는 급히 말을 바꿨다. 그것을 눈치채지 못한 유정이 아니었다.

"회? 회, 뭐요?"

"아, 말을 잘못한 겁니다."

"형님이라고 하니까 꼭 깡패 같네."

유정이 제일 싫어하는 종자가 바로 건달. 그렇기에 밖으로 나오면서 수태에게 주의시켰지만 어떤 식으로 말을 해야 하는지 그는 모르는 듯했다.

"오빠?"

유정이 도수를 바라봤다. 그녀의 눈빛에는 의심이 있었다.

"왜?"

도수가 되물었다.

"오빠, 취직을 했다면 신입 사원이죠?"

뭐라고 대답을 해야 할까. 아니라고 하기도, 그렇다고 하기도 애매했다.

"그런데."

"저런 분이 오빠 밑에 있다는 것이 말이 돼요?"

"안 될 것은 뭐지?"

"좋아요. 다 떠나서 오빠, 혹시 깡패 됐어요?"

듣고 싶지 않은 말이 들려왔다. 눈치 빠른 유정이 어느 정도 알아차릴 것이라 예상했지만 듣는 순간 가슴이 쿵 내려앉는 기분이었다.

"아니야."

"근데 형님은 뭐죠?"

"말 그대로야."

상황을 눈치챈 수태가 재빠르게 끼어들었다.

"형님과 저는 동기입니다. 형님이 나이가 많으니까 제가 말을 놓지 않는 겁니다. 이상한 생각하지 마십시오, 유정 씨."

"정말이에요?"

"네. 하늘에 맹세코 진실만 얘기합니다. 그럼 저는 이만 가 보겠습니다."

다급해진 수태는 좀도둑 사내를 데리고 건물 밖으로 빠져나갔다.

유정은 팔짱을 끼었다. 뭔가 골똘히 생각하는 느낌이었다. 도수는 차마 그녀에게 말을 걸 수가 없었다.

"오빠."

"응."

"고마워요. 오빠 아니었으면 큰일 당할 뻔했어요. 정말 이해하기 힘든 상황이네요."

그녀가 배시시 웃는다.

그제야 도수도 졸인 마음을 풀었다. 그는 유정의 머리에 손을 대서 쓰다듬어 주었다.

"앗! 오빠가 제 머리 쓰다듬는 거 처음이죠."

자신도 모르게 했는데, 그랬던 것 같다.

어쩐지 쑥스러웠다.

"헤헤, 기분 좋네. 오빠는 여전히 저한테 흑기사네요. 가요, 오늘을 기분 좋으니까 제가 쏠게요."

"뭘 쏴?"

"뭐긴요. 소맥 먹죠. 소맥."

"또 술 마셔?"

"뭐가 또, 예요, 취직 기념이지. 저런 무시무시한 동기도 생겼으면서."

유정은 도수의 팔을 끌었다.

도수는 그녀에게 끌려갔지만 빙그레 미소를 지었다. 기분이 좋아진다.

좀도둑의 이름은 이기철이었다. 겉으로 보기에는 대학생 청년처럼 보인다.

처음에 수태에게 잡혔을 때 겁에 질려 있던 그는 눈치가 꽤나 빠르다. 보통 사람들보다 훨씬 위험에 민감했다.

기철은 수태가 평범한 사람이 아님을 대번에 눈치챘다. 몸에서는 진득한 살기와 범접할 수 없는 기운이 풍겨져 나왔다.

뭔가 단단히 잘못됐다는 것을 알았다. 하나 그의 손에서 빠져나갈 수가 없었다.

잘못하다가는 몸 성히 빠져나갈 수 없을 거 같은 느낌이 들었다.

특히 도수를 만났을 때는 기겁을 해서 뒤로 자빠질 뻔했다.

그는 자신이 사나운 생물이라고는 생각하지 않는다. 힘도 약하고, 누군가와 싸워서 제대로 이겨 본 적이 없었다. 그저 살기 위해서 싸웠을 뿐.

그렇기에 도수라는 생명체가 얼마나 무서운 인간인지 본능적으로 느꼈다. 그의 뿜어 대는 사나운 기운에 잡아먹힐 것만 같았다.

평범한 사람들은 아마 모를 것이다.

그저 도수라는 자가 조금은 위험하다, 정도만 느낄지도.

생명이 오가는 이 바닥에 오래 있다 보면 자연스럽게 터득하게 된다.

바로 상대방과 자신의 실력을 가늠할 수 있는 눈치를.

그가 보기에 도수는 최상위 포식자였다.

아니, 그는 이미 인류의 그것을 뛰어넘었을지도 모른다.

도망을 칠 수도 없었다. 제대로 걸렸다는 것만 재확인이 된 셈이다.

그런데!

다행히도 도수는 그에게 벌을 내리지 않았다. 직접 자신이 훔쳤다고 입으로 얘기하고는 교도소에만 갔다 오면 받아주겠다고도 말했다.

도수의 정체가 궁금해졌다.

아무것도 그에 대해서 모르는 상태지만 그러겠노라고 대답했다.

이런 자는 한 번 약속을 하면 하늘이 무너져도 지킨다는 것을 그간의 경험으로 알고 있었다.

명이 짧거나, 가장 꼭대기 위에 있거나. 둘 중에 하나였으니까.

운이 좋았는지 사태는 흐지부지 되었다. 그는 경찰에 끌려가는 대신 소란으로 어지러운 틈을 타서 수태의 손에 끌려 빠져나올 수가 있었다.

수태도 그를 경찰에 넘기지 않았다.

그는 기철을 데리고 강남으로 갔다. 기철은 처음으로 타보는 고급 승용차에 안절부절 하지 못했다.

뒷좌석에 타려고 했다가 '씨발놈아, 거긴 회장님 자리야. 옆으로 타.' 라는 말을 들어야 했다.

수태는 강남 역 고급 술집 앞에 차를 세웠다. 그가 차를 세우자마자 두 명의 기도들을 달려와 차 문을 열었다.

잠시 후 꽤나 높은 사람으로 보이는 사내들까지 달려와서 수태에게 고개를 숙였다.

수태는 그들을 향해서 '회장님이 보시면 참으로 좋아하겠다. 이런 허례허식 싫어하신다고 했잖아. 니들이 이렇게 설레발치는 동안 가게에서 무슨 일 생기면 어떡할래. 그러니까 다음부터는 이러지 마' 라고 말했다.

사내들은 알았다고 대답했다.

기철의 궁금증은 커져만 갔다.

아무리 봐도 수태는 조직 폭력배다. 말투도 거칠고, 눈매도 날카로웠다.

하나 하는 짓을 보면 그렇지만도 않았다. 꽤나 매너 있고, 사람들에게 함부로 대하지도 않았다.

그렇다고 회사 중진으로 보기에는 무리가 있었다.

수태는 기철을 데리고 주변 포장마차로 향했다. 예술의 전당 근처로 가지 않은 이유는 혹시나 모를 경찰들에 단속 때문이었다.

만약 그 못돼 먹은 년놈들이 나중에라도 정신을 차려서 경찰에 신고를 한다면 골치가 아파질 터. 그렇기에 재빠르게 기철을 데리고 강남으로 온 것이다.

도수의 이름으로 기철과 약속을 했다.

회장의 말은 절대적이다.

이제 기철은 신사동 파였다. 그는 신사동 파의 보호를 받을 것이고, 신사동 파의 일원으로 책임을 다하게 될 것이다.

포장마차 안으로 들어가자 자리가 대부분 꽉 차 있었다.

오후, 10시.

한창 술을 마실 시간이라 그런 듯했다.

둘은 구석에 자리를 잡았다.

수태가 자리에 앉았으나 기철은 어물쩍거렸다. 아직도 자신이 뭘 해야 하는지 모르는 표정이었다.

수태가 고래를 까닥거려서 앉으라는 행위를 취했다. 기철은 잠시 머뭇거리더니 플라스틱 의자에 앉았다.

소주가 한 병 나오고 어묵을 잘게 썰어서 넣은 국물과 오이가 놓였다.

수태가 잘 아는 포장마차 주인인지 이모, 고마워요, 라는 말도 덧붙였다.

이모는 그런 수태에게 여자 좀 데리고 오라며 나무랐지만 수태는 빙그레 웃을 뿐 대답은 하지 않았다.

수태는 탁자 중간에 놓인 잔 중에 하나를 들어서 기철에게 주었다. 기철은 양손으로 소주잔을 받았다.

아직도 수태와 눈을 마주치지 못한다.

"너…… 내가 누군지 감이 오나?"

수태가 물었다.

"조, 조직에 계신 분 아니신가요?"

기철이 대답했다.

눈치가 없지는 않았다.

"그래, 신사동 파라고 들어 봤나? 곧 조직이라는 말이 없어질 것 같지만, 아직까지는 그렇게 쓰고 있다."

신사동 파? 모를 리가 없다.

압구정 파와 신사동 파의 항쟁은 이 바닥에 있는 사람이라면 듣지 못했을 리 없었다.

들리는 소문으로는 양쪽 모두를 합해서 서른 명 이상이 죽었을 것이라고도 하고, 오십 명 이상이 죽었을 것이라고도 한다.

아침, 점심, 저녁을 가리지 않고 강남 바닥이 피바다로 변했다고도 한다.

경찰들이 총동원되고, 두 조직의 항쟁이 계속되는 동안

아무도 막을 수 없었다는 소문들.

물론 반은 믿을 수 없는 말일 것이다. 하나 어느 정도 신
빙성은 있었다.

압구정 파의 두목들을 모두 사라졌다.

특히 악랄하기로 유명한 소종태는 소리도 없이 어디로 갔
는지 보이지 않았다.

남은 자들은 신사동 파와 압구정 파의 조무래기들뿐. 그
말은 신사동 파가 압구정 파를 집어 삼켰다는 것과도 일치
한다.

즉, 서울 아니, 대한민국을 통틀어서 가장 자리가 좋은
강남을 이등분 하고 있는 조직 중에 하나가 신사동 파인 셈
이다.

그들의 위세는 상당하다.

혹자들은 당분간 대치동 파와 신사동 파가 서울을 주름잡
을 것이라고도 하였다. 그만큼 신사동 파의 세력은 상당했
다.

눈앞에 있는 자는 신사동 파라는 것을 대번에 눈치챈 수
태였다.

"일단 내 소개를 하지. 나는 회장님의 경호실장은 맡고
있는 수태라고 한다."

수태가 명함을 꺼내서 기철에게 건넸다.

기철은 자신도 모르게 벌떡 일어나 양손으로 수태가 건넨
명함을 받았다.

명함은 다른 사람들처럼 자기 수식어나 복잡하게 한문으로 써 있지도 않았다.

경호실장 양수태. 010--3434--XXXX

이것뿐이었다.

알아듣기는 쉽지만 소름이 끼친다.

"일단 마시지."

수태는 기철에게 술을 따라 주었다.

그러고는 각자가 목구멍에 술을 넘겼다.

기철은 고개를 돌리고 마셨다. 그리고 잔을 조심스럽게 내려놨다.

차마, 그 어떤 감탄사는 하지 못했다. 그냥 침을 삼켜 참는다. 입안에서 알콜의 쓴 냄새가 감돌았다.

수태가 다시 잔을 따라 주었다.

"몇 살인가?"

"스, 스물한 살입니다."

"군대는?"

"면제입니다."

"고아가?"

"네."

"하긴, 너 같은 놈들을 보면 고아가 많더군."

기철은 아무런 대답을 하지 않았다. 그저 무릎에 양손을 대고 수태의 말을 묵묵하게 들을 뿐이었다.

"이름이 기철이라고 했던가."

"그렇습니다."

"어떤 일을 하고 싶으냐?"

수태가 다시 물었다.

"무슨 말씀이신지······?"

기철이 조심스럽게 되물었다.

"말 그대로다. 운이 좋게 큰집에 가지는 않게 됐지만, 어쨌든 약속은 약속이니까. 하지만 좋은 일자리라고 생각은 하지 말아라. 밑바닥부터 시작한다. 대신 네 배경은 우리가 책임을 져 줄 테니, 그러니까 꾸준하게, 열심히 살기면 하면 된다."

"정말 감사하게 생각합니다만······ 제가 할 줄 아는 것이 없습니다. 가방끈도 짧고, 연줄도 없고."

"네 역할을 찾아 주는 것이 내가 할 일이다. 할 줄 아는 것이 뭐냐."

수태가 소주잔을 들이키며 물었다.

"할 줄 아는 것이 뭐라고 할 것도 없습니다. 그냥 배운 것이 도둑질입니다."

"그런가."

수태는 기철을 잡을 수 있던 그때 상황을 곰곰이 생각해 보았다.

사실 기철을 무엇인가를 훔친 것은 보지 못했다.

그저 너무도 분위기와 안 맞는 옷을 입고 있었기 때문이었다. 정장을 입었지만, 어색하고 싸구려 티가 확실하게 났다.

마침, 공연장 안쪽에서 소란이 벌어지고 분위기가 이상하다고 느낀 수태는 기철을 잡았다. 그가 기철을 잡자마자 품안에서 작은 핸드백이 떨어졌다.

실력은 나쁘지 않는 듯했다.

"일단 웨이터부터 시작해라. 이 바닥에 생리는 알 것 같지만, 이 동네가 어떻게 돌아가는지는 알아야 하니까."

"웨, 웨이터 말씀입니까?"

기철의 얼굴에서 싫다는 기색이 역력하다.

훗, 대담한 놈.

"그래, 싫으냐?"

"싫다기보다는 저랑 잘 맞지 않아서."

"해 본 적이 있나?"

"예전에 조금."

"그래도 일단 그쪽에서 일을 시작해라. 나중에 내가 회장님께 직접 말씀드리마. 회장님께서 너의 거취를 결정할 것이다."

"회장님이 제 거취를 직접요?"

기철이 생각하는 회장이란 자신이 쳐다볼 수 없는 엄청난 위치에 있는 사람이었다.

그런 사람이 자신의 거취를 왜 직접 결정한다는 말인가.

이해가 되지 않았다.

"눈치가 빠른 것 같던데…… 아까 회장님께서 얘기하시지 않았던가. 너의 신분을 보장해 준다고."

"서, 설마 그분이?"

"그래, 마도수 회장님이시다."

기철은 손끝이 짜릿해지는 기분이 들었다.

혹시나 그 사람이 회장이 아닐까, 라는 생각은 했지만 고개를 흔들었다. 회장이라고 하기에는 너무도 젊었다. 그저 조직 중에 중간 보스가 아닐까, 라고 여겼을 뿐.

설마 회장일 줄이야.

딸꾹.

이것 참.

겨우 그 소리를 듣고 딸꾹질이 나올 줄이야.

하긴 신사동 파의 회장이라는 자의 소리를 듣고 과연 이쪽 바닥에서 멀쩡하게 넘어갈 수 있는 사람이 몇 명이나 될까.

소문으로는 괴물이라고 한다.

칼침을 열 번이나 맞고도 열 명이 넘는 압구정 파 조직원들을 쓰러트렸다고 한다.

그뿐만이 아니었다.

수십 명이 지키는 소종태의 아지트를 찾아가서 포크레인으로 밀고 놈을 잡았다고 한다.

어지간한 심장을 가진 사람으로는 절대로 할 수가 없는

일이었다.

기철이 생각하기에 신사동 파의 회장은 너무도 무서운 사람이었다.

그런 사람이 자신에게 손을 내밀었다?

믿기지가 않는다.

"너는 말이야……."

수태는 입에 담배를 물며 빙그레 웃었다.

"아주 운이 좋은 놈이야."

그의 말은 진심이었다.

마도수라는 사람에 대해서 알고 있는 사람은 강남 바닥을 다 뒤져 봐도 10명이 될까 말까 하다. 조직원들이야 알 테지만, 마도수가 정확히 어떻게 생겼고, 어떤 식으로 생활하는지 아무도 몰랐다.

기현이 악착같이 마도수라는 인물에 대해서 막아서 그럴 수도 있었다.

하지만 시간이 지날수록 마도수라는 세 글자가 공포의 대명사로 떠오르고 있는 것도 사실이었다.

그리고 수태도 마도수란 사람이 얼마나 무서운지 눈으로 목격했다.

기현이 그에게 목숨을 거는 만큼 수태 역시 마도수를 위해서 최선을 다할 것이다.

수태는 안주가 나오기 전에 한 병 소주를 모두 비웠다. 두 병째 소주를 시키며 기철에게 따라 주었다.

"너는 운이 좋아. 회장님의 눈에 직접 들었으니까. 하지만 그것이 불행이 될 수도 있어. 능력을 보여라, 기철. 네가 회장님께 도움이 될 거라는. 그래야 네가 살아남는다. 알겠나."

"명심하겠습니다."

기철은 굳은 표정으로 고개를 끄덕였다.

4.

어둠의 눈동자

CITY OF
WILD BEAST

유정은 콧노래를 불렀다. 가요는 아니었다. 어디선가 들어 봤던 음정이지만 어떤 음악인지 기억나지 않는다. 그저 나오는 대로 흥얼거릴 뿐이었다.

미친놈한테 맞은 뺨이 얼얼하기는 하면서도 그것보다는 도수에게 보호를 받았다는 느낌이 더 좋았다.

참 신기하다는 느낌이었다.

누군가에게 아니, 남자에게 이제껏 기대 본 적이 없었던 그녀였다.

대학교 이후 남자에게 심하게 상처를 입고 절대로 연애 따위는 하지 않을 것이라 맹세했다.

얼마 전까지만 하더라도 그렇게 믿었다.

그런데 도수를 만나고 나서는 그런 생각이 바뀌었다.

처음에는 황당했다. 계속 그와 만나게 되는 우연 자체가 믿기지 않았다.

혹시 도수가 자신의 뒤를 쫓는 것이 아닌가, 라는 의심이 들 정도였다.

하지만 도수를 알고 나니 그런 사람은 아니었다.

우연에 우연이 겹쳐서 그런 상황을 만든 것.

그것이 운명이라면 거부할 필요는 없었다.

유정은 도수에게 조금씩 마음을 열었다. 마음이 열리면서 돌처럼 굳었던 마음이 젤리처럼 부드러워졌다.

아침에 뜨는 햇살이 그렇게 반가운지도 처음 알았다. 눈이 부신 아침을 보며 커피 한 잔을 한다는 느낌이 너무 즐거웠다.

종종 혼자서 웃고 있을 때도 있었다.

그 모습을 보고는 김 선배가 아주 제대로 푹 빠졌구만, 이라면서 핀잔을 줬다.

유정은 뭐가요, 라고 대꾸는 했지만 나쁘지 않은 기분이었다.

오늘도 그렇다. 보호받는다는 기분은 어쩐지 마음을 든든하게 했다.

가족 외에 누군가 자신의 편에 서 준다는 것, 그 짜릿함이란 이루 말을 할 수가 없었다.

특히 도수가 그 사람들을 향해서 사과하라고 말을 했을 때는 왈칵 눈물이 쏟아질 뻔도 했다.

나는 이렇게 약한 여자가 아닌데, 라며 생각은 했지만 가슴 밑바닥에서부터 올라오는 벅찬 감정은 참을 수가 없었다.

유정은 구멍가게에 들어갔다.

버스 정류장에 커다란 프렌차이즈 마트가 있지만, 그녀와 가족들은 명절이나 손님들이 올 때가 아니면 구멍가게를 애용했다.

벌써 10년도 넘게 알고 온 가게 주인이기도 하고 그쪽이 훨씬 인정이 넘쳤기 때문이기도 했다.

"이모, 귤 삼천 원치만 주세요."

유정은 주머니에 손을 쿡 집어넣은 채로 말했다.

미닫이문이 열리며 50대 중반의 아줌마가 끙차 소리를 내며 밖으로 나왔다.

미닫이문 안쪽에서는 TV소리가 들렸다. 아저씨와 같이 소주 한 잔을 하며 개그 프로를 보는 중인 듯했다.

"유정이네. 이제 퇴근하는 길이야?"

아줌마는 유정을 보며 반갑게 인사했다.

"아니오. 어디 좀 갔다 오는 길이에요."

"오, 데이트?"

"후후, 뭐……."

"어머나, 정말인가 보네. 엄마가 남자 안 사귄다고 걱정이 많던데. 드디어 남자 만났나 보네."

아줌마는 조금은 호들갑스럽게 말했다.

이러다가 동네에 이상한 소문이 쫙 퍼질 것 같은 불길함에 유정은 손사래를 쳤다.

"그런 거 아니에요. 그냥 친구 만났어요."

"어쨌든 남자잖아."

"남잔데 친구라고요."

"남녀 사이에 친구가 어디 있데. 다 오빠가 아빠 되고, 친구도 아빠가 되는 거야."

"아유, 그런 거 아니에요. 어서 귤 주세요."

"알았어, 알았어."

아줌마는 뭔가 알아차렸다는 눈빛으로 귤을 검은 비닐봉지에 싸 주었다.

유정은 아줌마에게 삼천 원을 준 후 구멍가게 밖으로 나왔다.

아줌마는 길 미끄러우니 조심해서 들어가, 라고 말을 하고는 문을 닫았다. 이제 슬슬 영업을 끝마치려고 하는 모양이었다.

그녀는 약간은 비탈진 골목길을 올라갔다.

주차난이 없는 동네지만, 지금처럼 길이 미끄러울 때는 조심해서 올라가야 했다. 잘못해서 넘어지기라도 하면 크게 다칠 수가 있으리라.

아직 12시가 안 됐지만 큰 길에서 멀어지니 사람들의 유동이 확연하게 줄었다.

유정은 서둘러서 골목길을 올라갔다.

사람들의 목소리는 들리지 않고 골목을 가르는 세찬 바람

소리만이 들렸다. 띄엄띄엄 가로등 불빛만이 보인다.

뒤편에서 차가 한 대 올라오는 소리가 들렸다.

차는 유정의 옆을 휙 하고 지나갔다.

갑자기 끼익 하는 소리와 함께 차가 섰다. 차는 뒤로 후진을 한다. 오르막길에서 후진을 하는 일은 거의 없었다.

어쩐지 불길한 느낌이 드는 유정이었다.

봉고차는 유정의 옆에 서더니 문일 벌컥 열리는 순간, 안에서 두 명의 덩치 큰 사내가 불쑥 튀어나왔다.

검은 가죽점퍼에 가죽 장갑을 끼고 있었다.

한 사내가 유정의 입을 다짜고짜 막았다.

가죽 냄새가 코를 찌르지만 그녀는 제대로 비명도 지르지 못했다. 그녀가 봉고차 안까지 끌려 들어가는 시간은 겨우 몇 초도 되지 않았다.

"됐어, 출발해."

유정은 봉고차 안으로 끌어들인 사내가 소리치자 문이 닫히고 봉고차는 출발했다.

그녀의 코끝에서 알콜 냄새가 심하게 풍겼다. 그것이 무엇인지 짐작은 간다.

유정은 빠르게 의식을 잃었다. 머릿속에서 도수가 희미하게 나타났다가 사라졌다.

아무리 그라도 지금과 같은 상황에서는 슈퍼맨처럼 도와주지 못할 것이다.

데구르르르—

그들이 사라진 자리에 검은 비닐봉지에서 떨어진 귤이 굴러서 내려갔다.

*   *   *

유정에게 전화가 오지 않는다.

평상시라면 어제 집에 들어가서 전화가 왔어야 했다. 아니면 문자라도 보냈어야 했다.

그러나 유정에게서는 전화도, 문자도 없었다.

그런 일을 겪었으니 피곤할 것이라 여겼다.

하나, 오전까지 전화가 없는 것은 이상했다. 아픈 것은 아닐까 걱정도 되었다.

도수는 오전 10시가 되어서 유정에게 전화를 걸었다. 이번에는 전화가 꺼져 있었다.

이상했다.

유정은 어지간해서 전화를 꺼 놓지 않는다.

취재를 할 때도, 사건 현장에 나가 있어도 항상 예비 배터리를 가지고 다녔다.

이런 적이 없었다.

워낙 사건, 사고가 많은 여자였다.

그 열혈적인 기자 정신으로 인해서 은근히 적도 많았다.

처음 그녀를 만났을 때도 용역회사 직원들에게 끌려갈 뻔하지 않았던가.

"무슨 걱정 있으십니까, 회장님."

도수의 옆에서 서류를 넘기던 기현이 물었다.

기현은 도수가 회장이 되자마자 바로 호칭을 바꿨다.

회장이라는 말이 불편하여 예전처럼 하라고 했지만 기현은 고개를 가로저었다.

자신도 그러고 싶지만 밑이 아이들이 보면 기강이 서지 않는다는 이유였다.

그는 자리에 앉지 못하고 뭔가를 골똘하게 생각하는 도수가 염려스러웠던 모양이었다.

도수는 고개를 가로저었다.

그는 널찍하고 푹신한 가운데 소파에 앉았다.

그의 앞에는 홍차가 놓여 있었다. 조금은 식었지만 먹지 못할 정도는 아니었다.

도수는 한 모금 홍차를 마셨다. 이상할 정도로 목이 타던 갈증이 조금은 가라앉았다.

기현은 조직을 어떤 식으로 개편할 것인가 의견을 내놓았다. 깔끔하게 도표로 정리를 해서 도수가 보기 좋게 만들었다.

기동이라면 죽었다가 깨어나도 쫓지 못할 세심함이었다.

"회장님이 말씀하신대로 조직의 간판을 바꾸기로 했습니다. 무슨 파니, 무슨 회니, 하는 것은 회장님께서 마음에 들어 하지 않으시니 회사명으로 바꿨습니다. 회장님께서 마음에 드시는 것으로 고르시면 될 겁니다."

"뭐지?"

"회장님의 이름을 딴 마도 실업은 어떻습니까?"

마도 실업이라, 정말로 별로였다.

차라리 신사동 파가 훨씬 인간적으로 보였다.

아무리 자신의 이름을 땄다지만 어감이 너무도 나빴다.

도수는 고개를 저었다.

"가장 괜찮아 보였는데, 별로십니까?"

"가장 별로다."

"아, 네. 그럼 현율 실업은 어떻습니까. 유명한 스님에게 직접 찾아가 지은 겁니다."

"무슨 뜻이지?"

"현명하고 능률적으로 일을 하자, 라는 의미입니다."

"나쁘지 않군. 그걸로 하지."

"알겠습니다. 그럼 저희 신 신사동 파는 현율 실업으로 다시 태어날 것입니다."

기현의 말에 도수는 고개를 끄덕였다.

옆에서 듣고 있던 기동의 얼굴이 붉게 물들었다.

어쩐지 역사적인 장소에 자신이 같이 있는 것 같은 착각을 일으키고 있었다.

"예전과는 다르게 조직도 개편했습니다. 먼저 신사동 파 아니, 현율 실업의 가장 큰 어른은 회장님이십니다. 그 밑으로 제가 기획실장을 맡습니다. 경호부장은 양수태로 임명할 예정입니다. 회장님의 경호, 중요 인물들에 대한 경호는 양수태로 하여금 책임지게 할 생각입니다. 특별영업팀은 이 기동 과장에게 맡길 생각입니다."

"특별영업팀이라는 것은 뭐지?"

"말을 특별하다고 하지만, 잡일들을 도맡아 하는 팀입니다. 각각의 구역을 세 영업팀으로 나누고 세 팀 중에 하나가 다른 조직들에게 밀린다면 긴급으로 수혈을 하게 됩니다."

군대로 치면 예비 부대인 셈이다.

도수는 고개를 끄덕였다.

"방금 말씀드린 대로 영업 팀은 세 개로 나눴습니다. 영업 1부는 김실연 과장, 영업 2부는 류현 과장, 영업 3부는 한민광 과장에게 맡길 생각입니다."

"처음 들어 보는 이름들이군. 설명해 봐."

"알겠습니다. 사실 영업 팀은 경태 형님, 형식 형님, 모필 형님이 맡을 예정이었습니다. 하지만 일이 이렇게 된 이상 그들에게 맡길 수는 없겠지요. 그렇다고 중요한 자리에 아무나 앉힐 수는 없는 노릇이었습니다. 나름 다행인 것은 꽤나 괜찮은 사내들이 쑥쑥 커 가고 있다는 것이지요. 세 명 모두 20대 후반부터 30대 초반으로 젊습니다. 먼저 김실연 과장은 32세로 키가 작지만 차돌처럼 단단한 남자입니다. 인내심이 꽤나 강하지요. 어지간해서는 먼저 상대를 치는 일이 없습니다. 하지만 상대의 약점이 보이는 순간 도사견처럼 목줄기를 잡고 늘어지지요. 영업 2부의 류현 과장은 굉장히 머리 회전이 빠릅니다. 눈치도 좋고요. 김실연 과장처럼 인내심이 강하지는 않지만, 상황 판단과 분석이 뛰어납니다. 그는 특이하게도 양 손 칼을 잘 씁니다. 한민광 과장은 압구정 파에 있던 인물입니다. 저희 쪽에 가장 큰 피해를 입힌 자이기도 합니다."

"아! 한민광이 이 개자식! 이 자식 때문에 내 밑에 있던 두 명도 석 달이나 입원을 해야 했습니다."

이기동은 한민광이 떠오른다는 듯 이를 부득부득 갈았다.

기현은 기동의 말에 고개를 끄덕였다.

"맞습니다. 한민광이는 꽤나 잔인한 인물입니다. 일단 적이라고 인식을 하면 인정사정을 전혀 보지 않지요. 하나 그의 충성심은 꽤나 대단합니다. 수족이 된다면 굉장히 쓰임새가 있는 인물이죠."

"잘했군."

"아닙니다. 회장님께서 마음에 들지 않는 곳이 있다면 수정하겠습니다."

"아니다, 그 정도면 됐다. 처음부터 완벽한 것은 없다. 하나씩, 수정을 해 나가면 된다."

"그럼 그렇게 하도록 하겠습니다."

기현은 고개를 끄덕였다.

옆에서 듣고 있던 기동은 주먹을 불끈 쥐었다.

자신이 특별영업팀의 팀장이 될 줄은 꿈에도 상상하지 못했다. 아직 자신은 갈 길이 멀었다고 느꼈던 그였다.

마치 벼락출세를 한 것처럼 느껴졌다.

"좋냐?"

그런 기동을 보며 기현이 물었다.

"말도 마이소. 하늘을 날아갈 거 같다 아입니꺼."

"잘해라. 일 못하면 바로 팀장 교체한다."

"후후, 걱정 마이소. 이렇게 보여도 회장님과 기현이 형님 아니, 기획실장님을 곁에서 봐 온 제가 아입니꺼. 서당개 삼 년이면 풍월도 읊는다고 했습니더. 잘할 자신 있습니더."

"그래, 제발 그래라."

그런 기현과 기동을 보며 도수를 빙그레 미소를 지었다.

기현과 기동이 도수에게 인사를 하고 사무실 밖으로 나갔다.

도수의 사무실은 아직 마야 클럽 안에 있었다.

곧, 내부 정리가 되는 대로 제대로 된 사무실을 얻을 것이라고 하였다.

도수는 천천히 하라고 말했지만 기현은 고개를 저었다.

회장님의 위신을 생각해서 당장이라도 자리를 옮겨야 한다고 했다. 곧 자리를 알아볼 테니 그때까지만 참아 달라는 말도 덧붙였다.

잠시 후 수태가 어떤 사내를 데리고 들어왔다. 사내는 기가 푹 죽었는지 고개를 제대로 들지 못했다.

누군가 했더니 예술의 전당에서 중년 여인의 핸드백을 훔쳤던 소매치기였다.

"인사 드려라, 회장님이시다."

수태가 사내를 보며 말했다.

그는 도수를 향해서 90도로 인사를 했다.

도수는 고개를 끄덕인 후 그들에게 앉으라고 말했다. 수태는 도수의 옆자리에 앉았고, 사내는 가장 끝자리에 엉덩이만 살짝 걸치고 앉았다.

"이름이 뭐지?"

도수가 물었다.

"기철, 이기철입니다."

"이기철이라. 그래, 내가 일자리를 마련해 주기로 했지?"

"그, 그렇습니다."

이기철은 침도 제대로 삼키지 못했다.

도수가 부드럽게 말을 하고 있지만, 엄청난 압박감이 그의 어깨를 짓눌렀다.

도수와 눈을 마주쳤다가는 당장이라도 이상한 곳에 끌려갈 것만 같았다.

"무슨 일을 하고 싶지?"

"아, 아무 일이나 괜찮습니다."

"아무 일이라. 잘하는 것이 뭐지?"

"제가 할 줄 아는 것이 뭐가 있겠습니까. 가방끈도 짧고, 먹고 살기 위해서 배운 것은 겨우 입에만 풀칠을 할 수 있는 도둑질뿐입니다."

"가방끈이 짧다라…… 몇 살이지?"

"스물한 살입니다."

"배움에 대한 갈증이 있나?"

"무슨 말씀이신지?"

기철은 고개를 갸웃거렸다. 그는 도수의 의도를 파악하지 못하고 있었다.

"학교를 어디까지 나왔느냐고 묻는 거다."

"차, 창피하지만 중학교 중퇴입니다."

"아직 늦지는 않았겠군."

도수는 짧게 자란 턱수염을 긁적거린 후 기철을 뚫어지게 쳐다봤다.

기철은 다시 한 번 움츠러들었다.

도저히 도수의 눈빛을 같이 마주할 용기가 생기지 않았다.

"한 20년쯤 계약이 어떤가."

"20년이라 하심은?"

"중학교, 고등학교, 대학교, 대학원, 뭘 하든지 밀어 주겠다. 대신 배움이 끝나는 순간부터 나를 위해서 일해라. 당연한 말이지만 너에게 투자한 만큼 나는 뽑아야겠다."

기철의 눈이 처음으로 반짝였다.

그는 애초에 싸움에는 그다지 소질이 없었다. 고아원에서 뛰쳐나온 후 말 그대로 살아남기 위해서 도둑질을 배웠을 뿐이었다.

그가 평생 가장 부러워한 것은 엄마도 아빠도 아니었다.

교복을 입고 등교를 하는 학생들이었다. 평생 손에 넣을 수 없는 배움이었다.

지금 도수는 그것을 기철의 손에 들려 준다고 한다. 물론 공짜는 아니지만.

기철은 자리에서 벌떡 일어났다.

두 주먹을 꼭 쥐었고, 입술에서는 옅은 미소가 번지고 있었다.

그는 도수에게 다시 한 번 90도로 인사를 했다.

처음에는 형식적인 인사였다면 지금은 진심이 담겼다.

"종신 계약이라도 맺겠습니다."

"그래? 그럼 나야 좋지, 수태야."

"네, 회장님."

"계약서 가지고 와라."

"알았습니다."

수태가 자리에서 일어나 밖으로 나갔다. 그는 밖으로 나가면서 고개를 갸웃거렸다.

도대체 기철의 무엇을 보고 그런 거금을 투자하는지 알 수가 없었다.

대학까지 졸업을 하려면 최소 5년 이상을 투자해야 한다.

중, 고등학교 검정고시도 봐야 했고, 수능도 치러야 한다. 성적이 나쁘면 좋은 대학도 갈 수가 없었다.

회장님이 원하시는 것은 어중간한 대학을 나온, 어중간한 학생은 아닐 것이다.

돈만 있으면 일류 대학을 나온 졸업생들을 얼마든지 스카우트할 수가 있었다.

그렇기에 굳이 그리 큰돈을 들여서 미래가 불확실한 기철을 키우겠다는 의도를 이해하지 못하는 것이다.

반면 도수는 기철의 눈동자에서 간절함을 엿봤다.

비록 기가 죽어 있는지 성공에 대한 열망, 배움에 대한 열망이 짙게 깔려 있었다.

장담하지만 기철은 조직 세계의 속한 사람이 아니었다.

어쩔 수 없는 환경 때문에 이런 곳에 발을 디디고 있는 것이다.

그래서 투자를 결심했다.

기철이 일류 대학을 졸업하여 쓸모가 있는 인간이 되기까지는 족히 5년 이상이 걸린다. 그렇게 될 확률은 50퍼센트도 되지 않았다.

하지만 도수는 기철의 간절함에 투자를 한다.

이런 자는 배가 부르면 안 된다.

항상 배고픔에 시달리게 해야 하고, 악을 줘야만 했다. 그리고 마지막에 손을 내밀어 주면 된다.

기철은 도수를 위해서 평생 몸 받칠 것이다.

다른 동생들처럼 목숨이라도 받치라고 한다면 받칠지도 몰랐다.

그때였다.

위이이이잉—

전화벨이 울렸다.

도수는 핸드폰에 찍힌 번호를 보았다.

유정이었다. 하루 종일 연락이 안 되었기에 화가 난다는 것보다 안심이 먼저 되었다.

도수는 핸드폰을 들었다.

"여보세요."

─……

유정의 목소리는 들리지 않았다.

잠시의 침묵이 떠돌았다. 도수는 의아함을 느꼈다.

"유정이니?"

도수가 다시 한 번 물었다.

─크크크크크.

유정의 목소리가 아니다. 수화기 너머에서는 끔찍할 정도로 살벌한 사내의 웃음소리가 넘실대고 있었다.

도수는 온몸에 소름이 돋는 것을 느꼈다.

유정이 위험하다, 라는 것은 본능적으로 떠올린다.

"누구냐…… 너."

─나? 씨발놈아. 나야, 영수. 네가 죽이려고 했던.

쿵!

도수는 심장이 내려앉는 것을 느꼈다.

그동안 조직의 일로 너무 정신이 없어서 놈을 잠시 미뤄놓고 있었다.

설마 놈이 자신을 찾아낼 것이라고는 생각도 못했다.

지금 놈이 유정의 핸드폰으로 전화를 걸었다는 것은 그녀가 위험에 빠져 있다는 말과도 같았다.

"어디냐…… 너."

─니미, 어디는. 어이, 도수 형. 뒤질 각오나 하라고.

뿌드드득.

도수가 잡고 있던 소파의 팔걸이 한쪽이 반으로 쪼개졌다. 그 무시무시한 힘을 본 기철은 도저히 믿지 못하겠다는 표정을 지었다.

"아니지 아니야, 영수야. 만약에 그녀에게 손톱만큼의 생채기 하나만 나도 넌 나한테 죽여 달라고 빌어야 할 거야."

─염병하게 자빠졌네, 거지같은 새끼가. 잘 들어. 내 말대로 하지 않으면 너만 죽는 게 아니야. 이년 마약에 쩔어침 질질 흘리면서 허벌창으로 만든 다음, 섬에 있는 창녀촌에 팔아넘길 테니까. 각오하라고.

도수는 잠자코 영수의 말을 들었다. 그러고는 전화를 끊었다.

조금 전과는 차원이 다른 분위기가 사무실을 짓눌렀다.

이것이 살기라는 것은 기철은 느낄 수가 있었다.

숨도 제대로 쉬지 못할 정도였다.

마침 문이 열리며 수태가 들어왔다.

그는 바위처럼 짓누르는 사무실의 분위기를 보고 깜짝 놀랐다. 도수가 그를 바라보며 말했다.

"수태야."

"네, 형님."

도수는 메모장에 주소 하나를 적어서 수태에게 주었다.

"이곳에 사는 년놈들을 납치해라. 죽이지만 마라."

"나, 납치요?"

"그래."

도수의 어금니가 물렸다. 놈은 건드려서 안 될 사람을 건드렸다.

이 굴욕······.

동생의 몫까지 천 배, 만 배로 되갚을 생각이다.

*　　*　　*

영수는 핸드폰으로 한 장의 사진을 받았다.

그가 사진을 클릭하는 순간 얼굴이 심하게 구겨졌다.

사진 속에는 그의 아내와 두 명의 토끼 같은 아이들이 겁에 질린 채 서로 부둥켜안고 있었다.

아내와 아이가 있는 곳은 집이었다.

사진을 찍은 사람은 누군지 말하지 않아도 알 수 있었다.

"이 개자식이!"

영수가 사무실에서 벌떡 일어났다.

룸살롱에 있는 부하들에게 전화를 걸어서 어서 집으로 가 보라고 소리를 질렀다.

잠시 후 부하들에게 전화가 걸려 왔다. 집은 난장판이고,

아무도 없다고 말했다.

아이들과 아내가 납치된 것이다.

설마 놈이 이토록 무대포로 나올지는 상상도 하지 못했다.

겨우 모텔에서 전전하던 놈이다. 잃을 것이 없어서 이토록 막 나가는 것인가.

"너희들 당장 그 새끼 찾아! 어서!"

영수는 사무실에 앉아 있던 부하들을 향해서 소리쳤다.

상황을 파악한 부하들이 자리에서 일어나 밖으로 나갔다. 그는 사무실 한쪽에 있는 문을 열었다.

그곳에는 의자에 앉은 채 팔과 다리가 묶여 있는 유정이 있었다.

한쪽 뺨이 붉게 물들어 있고, 한쪽 입술이 터졌다. 아무래도 곤혹스러운 일을 당한 듯했다.

영수는 유정에게 다가갔다.

유정은 그를 매섭게 노려봤다. 어떤 일을 당해도 굴하지 않겠다는 의지가 느껴졌다.

"그 새끼가 잘 가는 곳이 어디냐……."

영수는 유정의 턱을 잡고 고개를 들었다.

"무슨 소리야."

유정은 날카롭게 쏘아붙였다.

"도수 새끼가 잘 가는 곳이 어디냐고!"

"내가 어떻게 알아! 그리고 당신 뭐야, 납치가 얼마나 큰 범죄인 줄 알아?! 좋은 말할 때 풀어 줘."

"이런 씨발!"

영수는 유정의 뺨을 올려쳤다. 그녀의 고개가 팍 하고 돌아갔다.

여자에게 맞을 때와는 차원이 다른 충격이었다.

유정은 정신이 나갔다가 들어오는 것을 느꼈다.

뺨이 얼얼하고 두통이 심하게 밀려왔다. 몇 대만 더 맞으면 목뼈가 탈골이 될 것만 같았다.

이 사내가 도수에게 원한이 있다는 것은 알았다. 하지만 무슨 원한인지는 알지 못했다.

그가 알고 있는 도수는 남들에게 먼저 해코지를 할 사람이 아니었다.

하지만 누군가가 그에게 해코지를 하면 몇 배로 되갚아 주는 사람이기도 했다.

아무래도 도수 오빠는 조직 폭력배와 크게 다툰 듯했다. 그렇다면 도수에 대해서 한마디도 해 줄 생각이 없었다. 목에 칼이 들어오더라도.

"좋은 말할 때 불어. 안 그러면 평생 지옥 속에서 살게 해 주지."

"흥."

유정은 영수에게서 고개를 돌려 버렸다.

"이 개 같은 년이!"

영수는 다시 한 번 유정의 뺨을 갈겼다.

너무 세게 쳤는지 그녀는 의자와 함께 바닥에 쓰러지고

말았다.

영수는 거기서 멈추지 않았다.

쓰러진 유정의 멱살을 잡고 강제로 일으켰다.

그리고는 상의를 강제로 찢어 냈다.

이제껏 누구에게도 보이지 않았던 탐스러운 젖가슴이 밖으로 노출되었다.

브래지어를 하고 있다고는 하지만 그녀로서는 참을 수 없는 모욕이었다.

"씨발, 너덜너덜하게 만들어 주지. 도수 새끼 앞에 창녀처럼 가랑이가 벌어진 네년의 몸뚱이를 던져 주겠다."

"아악, 놔! 이 새끼야!"

"닥쳐!"

영수는 유정의 속옷마저 강제로 뜯어 버렸다. 무릎을 꿇고는 그녀의 바지도 벗기려고 한다.

유정이 몸부림을 쳤지만, 억센 영수의 힘을 당할 수는 없었다.

"으흐흑흑. 놔, 이 새끼야. 놓으라고."

분함을 이기지 못한 유정이 울음을 터트렸다.

어떤 상황에서도 꿈쩍도 하지 않을 것 같은 그녀였지만, 천성이 여자란 것은 변하지 않았다.

굵은 눈물 방울이 바닥에 뚝뚝 떨어진다. 오히려 그것이 영수의 광기를 자극한 모양이었다. 바지까지 찢어 버릴 기세였다.

"형님, 그놈에게서 전화 왔습니다."

문이 다급하게 열리며 건장한 체구의 사내가 들어왔다.

그는 영수에게 전화를 내밀었다.

그놈이란 도수를 지칭한다.

차갑게 식어 버린 눈빛으로 자리에서 일어난 영수가 전화를 받았다.

"이 개새끼…… 내 아내와 자식들에게 손가락 하나라도 건드려 봐. 이년 다시 못 볼 줄 알아. 갈기갈기 찢어서 금붕어 밥으로 던져 줄 테니까."

*   *   *

도수는 영수를 용산 재개발 단지로 불러 냈다. 화려한 서울에 비해 그곳은 을씨년스럽기 짝이 없었다.

차가운 겨울 바람만이 불며 사람의 발자취는 찾기 어려웠다.

간혹 가로등이 있기는 했지만, 대부분이 깨진 상태였다.

어두운 골목길 안에서는 음산한 기운마저 감돌았다.

도수가 서 있는 곳으로 세 대의 차량이 나타났다.

고급 세단이 가장 선두에 서 있었고, 뒤로는 두 대의 봉고차가 따랐다.

환한 헤드라이트로 인해서 도수는 잠시 앞이 보이지 않았다.

손을 들어서 빛을 차단한다.

차량들이 서는 소리가 들렸다. 곧 이어 문이 열리고, 사람들의 우르르 몰려서 내렸다.

하나, 둘, 셋…… 열.

내린 자들은 모두 열 명이었다.

유정은 보이지 않았다. 유정 옆에 한두 명 정도가 붙어 있을 것이다.

그렇다면 놈들의 숫자는 최소 11명에서 최대 13명 정도로 보면 된다.

혼자서 감당하기는 벅차지만, 지리적인 이점은 도수가 충분히 갖추고 있었다.

최소한 반경 300m라면 눈을 감고도 어느 곳이든 찾아갈 수가 있었다.

"도수 형."

영수가 앞으로 나왔다. 정장 코트 주머니에 손을 쿡 넣은 채 건들거리며 다가온다.

"형이라……. 내가 언제 네놈의 형이었지."

도수는 그런 영수를 보며 입술을 뒤틀었다.

그의 얼굴을 보고 있자니 근육들이 마구 아우성을 친다. 어서 놈의 얼굴을 찢어 버려, 라고 외치는 듯했다.

"그러게. 당신은 내게 형이었던 적이 없었는데."

영수도 도수를 보며 비웃음을 흘렸다.

서로의 눈동자가 마주쳤다.

서로를 향한 증오가 눈동자에 고스란히 담겨 있었다.

"유정은 어디 있나?"

도수가 물었다.

"내 아내와 아이들이 먼저지."

"개소리 집어 쳐. 네놈이 먼저 일을 시작했으니 끝맺음도 네놈이 해야지."

"싫다면?"

"등가교환이라고 하지? 네 아내와 자식들은 다시 보지 못할 거야."

"네놈도 마찬가지일 텐데."

"글쎄, 누가 더 손해일지 모르겠군."

"빌어먹을 개자식."

영수는 욕설을 내뱉으며 뒤쪽에 있던 부하를 불렀다.

그는 부하에게 어떤 말을 속삭였다. 명령을 받은 그가 재빨리 봉고차라 다가가 문을 열었다.

안에서 두 명의 사내가 유정을 끌고 밖으로 나왔다.

유정의 발이 질질 끌린다.

얼굴이 심하게 부어 있었다. 긴 코트를 입고 있기는 하지만 내의가 보이지 않았다.

설마, 라는 생각이 든다.

만약 도수가 생각하는 일을 유정에게 벌였다면, 절대로 용서하지 않을 것이다.

아니, 애초에 놈을 용서할 만큼은 손톱의 때만큼도 없었다.

"아내와 아이들은 어디 있지?"

"먼저 보내."

"더 이상 헛소리 하지 마. 아내와 아이들의 안전이 보장되지 않으면 이년을 보내지 않아."

영수의 부하들이 넓게 퍼졌다.

도수가 빠져나갈 곳을 애초에 차단하기 위함이었다.

도수는 핸드폰을 꺼내서 화상으로 전화를 걸었다.

곧 이어 영수의 아이들과 아내가 나타났다. 도수는 핸드폰을 영수에게 던졌다.

영수는 핸드폰을 받았다.

화면에 아내와 아이들이 보였다.

그들의 눈동자에서 극심한 두려움이 비쳐졌다.

"여보! 괜찮아?"

영수가 물었다. 아내는 고개를 끄덕였다.

뭔가 말을 하고 눈치였다. 그러나 아무런 말을 하지 않았다.

그녀의 앞에 누군가가 있다는 것을 눈치챌 수 있었다.

"그녀를 보내."

"내 아내와 아이들이 무사할 거라고 어떻게 확신하지?"

"의심이 많군. 나는 네가 아니야. 친구를 팔아먹고, 여자를 납치하는 네놈과는 질적으로 다르지."

노골적으로 영수를 폄하한다.

영수의 얼굴이 심하게 일그러졌다.

자존심이 상하는지 아니면 그의 트라우마를 건드렸는지는 모른다.

"빌어먹을 개자식."

영수가 고개를 끄덕였다.

두 명의 사내가 유정을 끌어온 후 팔목에 묶였던 노끈을 풀어 주었다.

힘겹게 숨을 몰아쉬던 유정이 고개를 들었다.

그녀의 앞에 도수가 서 있는 것이 보였다.

암울하게 서 있던 그녀의 눈동자에서 다시 한 번 굵은 눈물이 흘렀다.

도수가 그녀에게 슈퍼맨이라는 것을 재확인하는 셈이었다.

몇 분전까지만 하더라도 살고 싶은 마음이 사라졌던 그녀였다.

치욕스럽고, 분하고, 자신이 한심하게만 느껴졌다.

이 모든 일이 도수 때문에 일어난 것은 알지만, 그가 밉지는 않았다.

오히려 이런 사회악에 당당하게 맞선 도수가 자랑스럽게 느껴졌다.

그리고 도수가 눈앞에 있었다.

차갑게 식었던 심장이 빠르게 뜨거워졌다.

유정은 비틀거리며 걸었다.

도수가 그녀를 마중 나왔다.

서로를 바라보는 눈빛이 애틋하다.

"정말 오빠는 제가 간절히 바랄 때는 항상 앞에 나타나네요."

"미안해."

"오빠가 미안할 게 뭐가 있어요."

"저놈하고 제대로 마무리를 졌어야 하는데…… 정말 미안하다."

나중에라도 영수와 자신의 악연에 대해서는 설명해 줄 생각이다.

유정이 받아들일 수만 있다면.

"이산가족 상봉은 나중에 하고 우리 일부터 처리하시지."

영수가 도수에게 핸드폰을 다시 던졌다.

도수는 핸드폰을 들고 이제 됐어.

모두 철수해, 라고 말했다. 그러고는 다시 영수에게 핸드폰을 던졌다.

영수의 아내가 갑자기 눈물을 터트렸다.

그녀는 너무도 무서웠노라고 말했다. 아이들도 같이 울음을 터트렸다.

영수는 아내에게 어디냐고 물었다. 그녀는 집이라고 대답했다.

아까는 어디 있었냐고 다시 물었다. 아내는 잠깐 아이들 데리러 유치원에 간 사이 집안이 난장판이 되었다고 대답했다.

영수의 미간이 좁아졌다.

속았다.

아내와 아이들은 납치가 된 것이 아니었다.

일부러 집안으로 난장판으로 만들어 놓고 사진을 찍어서

보낸 것이다.

왜?

아마도 그의 평정심을 흐트러트리고 시간을 끌기 위해서였을 것이다.

영수는 아내에게 문을 잠그고 삼촌들에게 전화를 해서 집으로 불러들이라고 시켰다.

아내는 알았노라고 답했다.

영수는 전화기를 바닥에 집어 던졌다. 그리고 구둣발로 지근지근 밟아서 깨트렸다.

그의 심경을 대변하는 듯했다.

"도수 형…… 대가는 치러야겠어."

영수의 부하들이 감춰 뒀던 무기들을 꺼냈다.

몇몇은 쇠파이프를, 몇몇은 날카롭게 간 칼을 들었다.

그들은 넓게 퍼져서 도수에게 다가왔다.

서울 한복판이지만 이곳에서는 아무리 비명을 질러도 밖으로 새어 나갈 일이 없었다. 아주 가끔 순찰을 도는 순찰차의 눈에 띄지만 않는다면.

"셋을 세면 뒤로 뛰어. 여기서 100m 직진한 후 바로 좌측으로 꺾어."

"……그게 무슨 소리에요?"

"시간이 없어. 그렇게만 알아 둬. 셋, 둘, 하나, 뛰어!"

도수를 믿으면 된다.

유정은 더 이상 묻지 않고 셋을 세자마자 어두운 골목을 향해서 바로 뛰었다.

신고 있던 신발이 운동화라 뛰는 데는 큰 문제가 없었다.

유정이 뛰자 사내들도 같이 움직였다.

도수뿐만이 아니라 유정에게도 위해를 가할 생각인 모양이었다.

도수는 움직이지 않았다.

유정과 어느 정도 거리가 벌어지자 그제야 느릿하게 움직였다.

그는 주머니에 있던 플라스틱 통을 꺼냈다.

뚜껑을 열자 역한 냄새가 풍겼다. 상당히 위험한 물건임을 냄새로도 알 수가 있었다.

도수는 그것을 가장 선두에서 달려오던 사내에게 뿌렸다. 사내는 본능적으로 팔을 들어서 얼굴을 가렸다. 하지만 모든 액체를 막아 낼 수가 없었다.

액체가 살결에 닿자 치익 소리를 내며 살이 익는 냄새를 뿌려 댔다.

염산이었다.

"으아아아아악! 내 얼굴!"

사내의 살결이 지글거리며 익어 들어간다.

빨리 씻어 내지 않으면 평생 불구로 살아야 될지 모른다. 그가 쓰러지자 옆에 있던 동료들이 우왕좌왕 거렸다.

"뭐하고 있어. 한 놈만 남고 모두 저 새끼를 쫓아!"

영수가 소리쳤다.

그의 옆에 있던 경호원이 급히 물을 가지고 와서 쓰러져 있던 사내의 얼굴에 뿌렸다.

물을 뿌리는 것만으로는 안 된다. 빨리 병원으로 이송을 해야 한다.

도수는 남은 염산을 다가오던 사내들에게 뿌렸다.

그것이 염산인지 안 사내들이 바닥을 뒹굴며 날아오던 염산을 가까스로 피해 내기 시작했다.

그들은 거친 숨을 내쉬었다. 이제껏 염산을 뿌리는 자는 한번도 본 적이 없었다.

도수의 무지막지함에 깜짝 놀란 사내들이었다. 화가 치밀어 오른 그들은 벌떡 일어나서 도수를 쫓았다.

도수는 염산이 들었던 통을 내팽개치고 뒤로 물러났다.

도수의 거구가 어둠 속으로 빨려 들어간다.

"쫓아! 저년놈들 산 채로 잡아 와. 산 채로 포를 뜨고, 여자는 너희들한테 넘겨주지."

악에 받친 영수의 목소리가 밤하늘을 갈랐다.

5.

죽음의 게임

CITY OF
WILD BEAST

유정은 어두운 골목길을 있는 힘을 다해서 뛰었다.

그녀의 뒤편에서는 잔인한 비명이 울리고 있었다.

도수의 목소리는 아니었다.

도수가 쉽게 당하지 않을 것이라 여기지만, 걱정이 되는 것은 어쩔 수가 없었다.

그저 무사히 그도 이곳에서 빠져나가기를 바랄 뿐이다.

가로등이 없어도 희미하게 비치는 달빛 덕분에 걸려서 넘어지거나 하지는 않았다.

도수가 말한 100m는 무척이나 길었다.

운동신경이 보통 또래보다 뛰어나다고 자부하던 유정이지만 지금의 100m는 체감상 1km도 넘어 보였다.

숨을 턱밑까지 차오르고 심장이 터질 것처럼 부풀어 올랐다.

마음은 급해지고, 신경은 분산된다.

어서 이곳에서 빠져나가 경찰에 신고를 해야 한다. 그래야 도수가 안전해진다.

오직 그 일념뿐이었다.

찬바람이 얼굴이 심하게 때린다.

영수에게 맞아서 부었던 곳이 쓰라렸다.

터진 입술 안쪽은 화끈화끈 거렸다. 그래도 유정은 달렸다.

골목길 끝에 다다랐다.

그녀는 도수의 말대로 왼쪽으로 꺾었다.

그 순간 누군가 그녀의 팔을 잡아서 안쪽으로 당겼다.

깜짝 놀란 유정이 비명을 지르려고 했다.

그녀의 팔을 잡은 사내가 자신의 입술에 손을 대며 '쉿, 쉿. 걱정하지 마세요. 저는 회, 아니, 형님과 같이 일을 하는 사람입니다.' 라고 말했다.

유정은 숨을 들이켰다.

그제야 상대방의 얼굴을 확인할 수가 있었다.

저번에 봤던 수태라는 사람은 아니었다.

조금 더 수려하고, 그녀의 동생인 유민이 보다도 어려 보였다.

"누구?"

"저는 이기철이라고 합니다. 형님이 위험에 처해 있다고 해서 같이 왔습니다."

유정은 고개를 갸웃거렸다.

지금까지 몰랐던 도수의 정체가 조금씩 의심스러워졌다.

세상 어느 누구도 같은 회사 직원이 깡패들과 함께 싸워주지는 않는다.

아무리 의협심이 넘치는 자라고 해도 마찬가지였다.

지금 눈앞에 있는 사내는 젊고, 어리고, 잘생겼다.

저번에 봤던 수태라는 사내는 온몸에서 위압감이 풍겼다.

둘이 같은 직업을 가졌다고는 생각되지 않는다.

그럼에도 도수를 믿기에 큰 의심을 품지 않았다.

아무래도 이번 일을 무사히 넘긴다면 도수에게 확실하게 물어봐야 할 듯했다.

"이리로 오십시오. 안전한 곳으로 모시겠습니다."

하는 행동이 경호원과 비슷하다. 경찰과는 미묘하게 달랐다.

말투로 봐서는 건달들 같지는 않았다.

유정은 고개를 끄덕이고는 기철의 뒤를 쫓아서 어두운 골목길을 빠져나갔다.

도수는 골목길을 향해서 뛰었다.

멀리서 휘파람 소리가 들렸다.

유정을 데리고 무사히 이곳을 빠져나간다는 신호.

이제는 거칠 것이 없었다.

한 놈씩, 한 놈씩 제발 죽여 달라고 외치도록 공포를 선사할 생각이다.

도수는 가로등 불빛 아래에 섰다.

몇 개 켜지지 않는 가로등 불빛이었다. 아홉 명의 사내들이 숨을 헐떡이며 그의 앞에 섰다.

한 명은 염산으로 인해서 심한 화상을 입었다.

동료 중에 한 명이 그를 데리고 갔으니 두 명이 없어진 셈이다.

멀리서 영수와 경호원이 천천히 따라오고 있었다.

놈은 자신을 사냥감으로 보는 듯했다.

도수는 피식 웃었다.

누가 누구를 사냥터로 몰고 있는지 아직도 감이 오지 않는 모양이었다.

"씨발놈. 졸라게 빠르네."

한 사내가 양 무릎에 손을 얹고는 숨을 헐떡이며 욕설을 내뱉는다.

다른 사내들도 마찬가지였다. 숨을 고른 그들은 천천히 무기를 들었다.

도수는 바닥에 아무렇게나 떨어져 있던 돌을 들어 가로등을 향해서 던졌다.

쨍그랑.

가로등이 깨진다.

순간적으로 어둠이 찾아왔다. 눈앞에 깜깜해지며 모두가 시력을 잃고 말았다.

이미 도수는 상대방의 위치를 파악해 놓고 있는 상태였다.

그는 허리를 숙이며 다가가 한 사내의 발목을 잡아서 자신 쪽으로 끌었다.

중심을 잃은 사내가 뒤로 넘어졌다. 제대로 된 힘도 쓰지 못하고 그의 뒤통수가 울퉁불퉁한 콘크리트 바닥에 뒤통수를 찧었다.

갑작스러운 고통에 사내는 비명도 지르지 못했다. 도수는 그의 발목을 양손으로 잡고 크게 휘둘렀다.

사내의 몸이 붕 뜨며 가장 가깝게 있던 동료의 머리통과 부딪쳤다.

빠각!

두 사내의 두개골이 강하게 맞부딪쳤다.

피가 튀며 두개골의 뼈가 부서지는 소리가 똑똑하게 울려 퍼졌다.

두 사내는 안면을 움켜쥐고는 바닥에 쓰러졌다.

서로의 뒤통수에 맞아서 산산조각이 나 있었다. 눈알이 터져 차가운 바닥에 뿌연 액체를 떨어트렸다.

도수는 사내의 발목을 놓고 가장 근처에 있던 폐가 안으로 들어갔다.

사내들이 시력을 되찾자 보이는 건 발밑에서 박살이 난 채 신음을 흘리고 있는 두 명의 동료.

"이, 이 개자식."

미칠 듯이 화가 치밀어 올랐다.

놈의 비겁한 행동으로 인해서 벌써 네 명의 동료들이 불구에 가까운 치명상을 입었다.

그들은 칼과 쇠파이프를 들고 도수가 들어간 폐가 안으로 뛰어들었다.

가장 선두에 섰던 사내가 갑자기 쓰러졌다.

그는 쓰러지며 엄청난 소리로 비명을 질렀다. 얼굴과 온몸에 콘크리트 못이 박혀 있었다. 수십 개의 못이 온몸에 박힌 사내는 미친 듯이 괴로워했다.

"조심해! 아래에 피아노 줄이 있다."

영수의 오른팔 겪인 민도가 소리쳤다. 시야가 확보되었다고 하더라도 피아노선은 보이지 않았다.

구름에 가려져 있던 달빛이 비치고서야 희미하게 피아노선이 보인다. 피아노선은 3m 간격으로 깔려 있었다.

잘못하면 자신의 힘에 의해 발목이 잘릴지도 몰랐다.

그뿐만이 아니었다. 피아노선 바로 앞에 놈은 녹슨 못과 콘크리트 못을 잔뜩 깔아 놓았다. 먼저 뛰어들었던 동료는 이미 당해서 수십 개나 되는 못에 찔리고 말았다.

민도는 쓰러져 있는 부하를 밖으로 끌어냈다.

세 명의 사내들이 차가운 바닥에 누워서 신음과 비명을 질렀다.

이들을 이렇게 둘 수는 없었다. 시간을 지체하면 죽을 수도 있으리라.

하지만 도수를 이대로 둘 수도 없었다. 반드시 놈을 잡아서 죽여야 한다.

그렇지 않으면 화가 치밀어 올라서 잠도 제대로 자지 못할 것 같았다.

"최대한 빨리 놈을 잡아서 죽이고 나서 애들을 옮긴다."

민도의 말에 사내들이 고개를 끄덕였다.

그들도 머리끝까지 화가 치민 상태였다.

그들은 달빛에 비친 칼을 들고 조심스럽게 도수를 쫓았다. 도수는 절대로 그들의 시야에서 벗어나지 않았다. 조금만 쫓으면 놈을 잡을 수도 있을 듯했다.

하지만 아슬아슬 한순간에 약간씩 벗어난다. 그게 더욱 사내들을 미치고 환장하게 만들었다. 머릿속이 하얗게 변해 도수의 목만 노린다.

도수는 폐가를 빠져나와 3층짜리 건물 안으로 들어갔다.

놈들은 멧돼지처럼 잘도 쫓아온다. 생각보다 훨씬 수월하게 일이 풀려 가고 있었다.

과연 마지막에 서 있는 자는 누구일까, 궁금하기도 했다.

그래, 아마도 영수일 것이다. 놈은 과연 어떤 표정을 지을까.

"저기 있다, 잡아라!"

놈들이 있는 대로 살기를 내뿜으며 3층 건물 안으로 쫓아왔다.

놈들이 건물 안으로 들어서자마자 1층 천장을 향해서 돌을 던졌다. 깨지다 만 창문이 진동에 의해서 우르르 바닥으로 떨어졌다.

마치 우박이 떨어지는 듯했다.

"으아아아악!"

하지만 깨진 유리 조각 밑에 있는 사람들은 그렇지가 않았다.

깨진 유리는 칼보다 무서울 때가 있다. 인간의 살점쯤은 거침없이 파고들고 정맥과 동맥을 순식간에 끊어 놓기도 한다.

우박처럼 떨어져 내린 유리 조각들이 그랬다.

대부분의 사내들은 자잘한 상처를 입었지만, 두 명의 사내는 그렇지 못했다.

그들의 뒷목에 팔목보다 두꺼운 커다란 유리가 박혔다.

그들이 심하게 기침을 한다. 목소리가 나오지는 않았다. 입에서 쇳소리가 나며 한 움큼의 피가 튀어나왔다.

사내들의 눈동자가 심하게 떨려 왔다.

경련이 일어나며 눈꺼풀이 뒤집힌다.

이윽고 그들은 유리 조각이 가득 있는 바닥에 쓰러지고 말았다. 목뒤에서 흘러나오는 피가 바닥을 가득 적신다.

"진명아! 홍수야!"

민도가 가장 아끼던 동생들. 깡도 있고 칼도 제법 잘 쓴다.

언젠가 강남 바닥을 자신들의 손아귀에 넣자며 의기투합

하기도 했다.

그런 그들이 너무도 맥없이 쓰러졌다. 목을 찔렸으니 과연 살아날 가능성이 얼마나 될까.

민도는 미칠 것만 같았다.

"개새끼야!"

그는 남은 세 명의 동생들을 데리고 도수를 쫓았다.

도수는 늑장을 부리며 천천히 2층으로 걸음을 옮겼다.

이제 종착역. 그런데도 놈들은 아직도 제대로 된 상황을 깨닫지 못하고 있었다.

고개만 들어도 네온사인이 번쩍이는 건물들이 보인다.

하나 고개만 숙이면 이곳은 어둠 속에 잠겨 있다. 어둠은 그들의 시선을 분산시키고 이성을 마비시켰다.

피의 광기는 후각마저 마비시킨다. 그들은 오직 자신들이 당한 것만 생각한다.

악착같이 도수의 목숨을 끊기 위해서 눈에 살기를 보이며 달려들었다.

놈들의 이성은 이미 날아간 지 오래.

도수는 2층 어둠 속에 몸을 숨겼다.

놈들은 도수의 뒷모습만 보고 2층을 넘어 3층으로 뛰어 올라갔다.

가장 후미에 있던 사내에게 도수는 손을 뻗쳤다.

계단을 올라가던 사내의 뒷덜미가 잡히며 뒤로 당겨졌다.

그는 깜짝 놀라 앞서 가던 동료들을 부르려고 했지만 이미 늦고 말았다. 그의 입을 황소와 같은 두꺼운 도수의 손바닥이 감싸고 있었다.

손을 휘저어 보지만 동료들의 등을 멀어져만 갔다.

사내의 눈동자에서 살기는 사라졌다.

그리고 극렬한 두려움의 공포가 떠올랐다. 특히 도수의 목소리가 낮게 깔려서 들릴 때는 번개에 맞은 것처럼 온몸의 경기를 일으켰다.

"왜 그러나. 나를 죽이려고 쫓아온 것이 아니던가? 그럼 너희들도 죽을 각오를 해야지. 그래야 공평하잖아."

도수는 사내가 들고 있던 칼을 빼앗았다.

그는 너무도 힘없이 칼을 뺏겼다.

손을 움직이고 싶어도 너무도 엄청난 힘에 의해서 꼼짝도 할 수가 없었다.

칼을 뺏은 도수는 사내의 허벅지에 칼을 천천히 쑤셔 넣었다. 너무도 천천히 칼을 박아서 사내의 고통은 상상을 초월했다.

살점이 벌어지고 차가운 냉기가 몸속으로 파고들고…….

그의 허벅지를 타고 피가 흘렀다. 피와 함께 노란 액체로 함께 흘러내렸다.

사내는 자신이 무엇을 내보내고 있는지도 몰랐다. 그저 지금의 공포를 벗어나고 싶은 생각뿐이었다.

"나를 탓하지 말라. 탓을 하고 싶으면 내 동생을 먼저 해친 네놈의 보스를 탓해라."

도수는 사내의 허벅지 끝까지 칼을 밀어 넣었다. 고통을 이기지 못한 그는 끝내 혼절을 하고 말았다.

혼절한 사내를 바닥에 아무렇게나 내 버린 도수가 천천히 3층을 향해서 올라갔다.

민도는 3층에 없었다.

옥상까지 올라간 모양이었다. 성미도 급한 놈이다.

제 죽을 자리를 알아서 찾아가니 말이다.

저벅저벅.

도수의 발자국 소리가 꽤나 크게 들린다.

발밑에 있던 썩은 나무를 밟자 와지끈 소리가 났다. 남은 사람은 겨우 세 명.

이들이 느끼고 있던 분노가 두려움으로 바뀌는 데는 1분도 걸리지 않을 것을 것이다.

아무리 강한 척 한들 죽음 앞에서 당당할 수 없다는 것을 도수는 잘 알고 있었다.

도수는 옥상으로 올라가 녹슨 문을 열자 끼익 소리가 울려 퍼졌다.

차가운 공기가 그의 얼굴을 세차게 때렸다.

놈들은 도수가 보이지 않자 당황하는 모양이었다.

도수가 옥상 중앙에 섰다. 양옆으로 갈라져서 도수를 찾던 사내들의 움직임이 멈췄다.

"너 이 개새끼! 이제 더 이상 도망 못 간다. 아주 끝장을 내 주마."

민도가 사납게 외쳤다.

그의 옆에 있던 사내들이 먼저 정신을 차린 모양이었다. 그들의 얼굴이 흙빛으로 변하며 민도를 불렀다.

"혀, 형님."

"왜?"

민도가 거칠게 대답했다.

"저, 저기 저희밖에 남지 않았습니다."

"뭐가?"

"저희 세 명이 다라고요."

"우리 세 명이 다라니. 무슨…… 아!"

그제야 민도도 아차 싶었다.

그동안 너무 흥분해 있었다.

오직 도수를 잡기 위해서 앞뒤를 가리지 않았지만 남은 부하들을 보니 뭔가가 잘못되었다는 것을 느꼈다.

"설마……?"

도수는 그런 민도를 보며 비릿하게 웃었다.

"그래, 그 설마야. 이제 남은 것은 너희들뿐이지."

잠시 눈빛이 흔들렸던 민도가 빠르게 냉정을 되찾았다.

"개소리. 숨어서 암습 따위를 하는 놈은 두렵지 않아. 그래, 또 어떤 암습을 할 거냐. 남은 게 있으면 보여 줘 봐."

"그런 것 없다면."

"그럼 죽어야지. 우리는 셋이나 남았어, 일단 네놈 아킬

레스건부터 끊고, 그년 잡아다 눈앞에서 엉망진창으로 범해
주지!"

"정말 미련한 놈이군. 한번 해 봐."

도수가 팔을 벌렸다. 어서 들어오라는 자신감의 행동이었
다.

민도는 동생들에게 눈짓을 했다.

동생들이 멈칫거렸다. 아무리 기습이라고 하지만, 여섯
명이나 쓰러졌다. 그들의 판단으로는 셋이라고 하더라도 도
수와 맞붙기에는 무리가 있다고 여겨졌다.

하나 민도는 그렇지 않은 모양이었다.

"쫄지 마, 이 새끼들아! 그러고도 건달이냐? 양옆에서 쳐
라. 내가 놈의 뱃가죽을 찢어 놓겠다."

민도가 으르렁거렸다.

이렇게까지 하니 동생들도 어쩔 수가 없었다. 최선을 다
해서 도수의 목을 따는 수밖에는…….

양옆으로 거리를 벌린 민도의 동생들이 동시에 움직였다.
그들의 칼은 도수의 목과 배를 노린다.

도수는 그들의 칼이 코앞까지 올 때까지 움직이지 않았
다. 어지간한 배포를 지니지 않고서는 절대 있을 수 없는
일이었다.

배포를 가진 것뿐만이 아니었다.

칼을 든 사람과 상당한 실전을 거치지 않고서는 할 수 없
는 행동이기도 했다.

둘이 같이 움직였다고는 하지만 동시에 찌를 수는 없었다.

약간의 시간차가 존재하기 마련.

왼쪽에서 칼을 찔러 오는 사내가 조금 더 빨랐다.

도수의 팔이 슬쩍 움직이고, 그의 손바닥은 왼쪽 편에서 칼을 찔러 오던 사내의 팔목을 쳐 올렸다.

사내의 칼이 위로 그어진다.

"으아아아악!

동시에 오른편에서 찔러 오던 사내가 칼을 놓고 비명을 질렀다.

같이 편이 찌른 칼에 얼굴이 그어진 것이다.

턱밑부터 이마까지 일직선으로 자상이 생겨났다.

얼굴 살이 반으로 갈라지며 엄청난 양의 피가 흘러내렸다.

조금만 오른쪽으로 칼이 휘어졌더라면 눈알까지도 잘릴 뻔한 위험천만한 순간이었다.

그는 얼굴을 양손으로 잡고서 바닥을 굴렀다.

손가락 사이로 피가 샘물처럼 솟구치고 있었다.

동료의 얼굴을 베어 버린 사내는 얼음처럼 굳어졌다. 어찌해야 할지 모르는 표정이었다.

도수가 그런 약간의 틈을 놓칠 리가 없었다.

그의 품 안으로 빠르게 파고든 도수의 주먹이 사내의 턱을 강타한다.

와지끈 소리가 나며 사내의 고개가 픽 하고 뒤로 돌아갔다.

제대로 된 방어를 하지 못한 그는 팔을 양쪽으로 벌리고는 그대로 뒤로 넘어갔다. 꿈쩍도 하지 않는 것으로 보아 단 일격에 정신을 잃은 모양이었다.

"이, 이, 이 씨발놈이."

도수를 향해서 정면으로 덤벼들던 민도가 멈췄다.

설마 이렇게 빨리 당할 줄은 상상도 하지 못했다.

아무리 생각해도 모텔을 전전하는 놈으로는 보이지가 않았다.

"너, 너 도대체 정체가 뭐야."

민도는 자신도 모르게 온몸이 떨려 오는 것을 느꼈다. 그것을 보이지 않기 위해서 어금니를 억지로 깨물었다.

"나를 모르나? 아무것도 모르면서 나를 건드렸나?"

도수는 싸늘하게 말했다. 말투로 봐서는 이자들은 자신에 대해서 아무것도 몰랐다.

꽤나 거창하게 나오기에 최소 자신이 누구인지는 알고 있을 줄 알았다.

이들이 아무것도 모른 채 자신을 잡기 위해서 이 난리를 친 것이라면 한참이나 번지수를 잘못 짚었다.

물론 이제는 돌이킬 수 없다. 엎질러진 물을 담을 수 있는 건 그 누구도 불가능하니까.

"나는 너에 대해서 들어 본 적이 없어. 도대체 넌 누구야!"

"알 것 없다."

도수가 움직였다.

민도는 뒤로 물러났다.

자신이 상대할 수 없는 자라는 것을 너무 늦게 깨달았다.

그렇다고 도망을 칠 수도 없었다.

아니, 도망을 칠 길도 없다는 말이 정확할 것이다. 이곳에서 벗어나려면 최소한 도수의 발을 묶어야만 했다.

불가능한 일.

민도는 뒤로 물러나며 칼을 휘둘렀다.

정면으로 붙어도 도수의 몸에 닿을까, 말까 한데 그런 식으로는 큰 상처를 입힐 수가 없었다.

칼을 피한 도수의 손바닥에 민도의 면상을 쥐었다. 아귀의 힘이 얼마나 강한지 민도는 입만 쩍 벌린 채 꼼짝도 하지 못했다.

도수는 그의 면상을 잡고서 계속 앞으로 전진했다. 그의 걸음이 멈추는 곳에는 무엇이 있는지 민도도 알고 있었다.

허공.

"으아아아악! 사, 살려 줘. 잘못했어, 잘못했습니다. 제발, 제발!!"

민도의 비명이 터졌다.

그러나 도수는 멈추지 않았다. 옥상 끝까지 그를 끌고 간 도수가 손을 놓아 버렸다.

동시에 민도의 몸이 허공에 붕 떠올랐다. 팔과 다리를 허우적거렸지만, 그에게는 날개가 없다.

잠시 멈칫거리더니 이내 지상을 향해서 추락했다.

"으아아아아아악!"

민도의 처절한 비명이 어둠 속을 뚫고 넓게 울려 퍼졌다.

영수와 그의 경호원인 성우는 느긋하게 부하들을 쫓고 있었다.

영수는 사람을 사냥한다는 기분에 짜릿함마저 느꼈다. 아무도 없는 산속이 아닌 도심 한 복판에서 자신이 강자가 되어 도수를 쫓고 있자니 뭔가가 된 것 같은 기분도 들었다.

그는 뒷짐을 진 채 조급함이 전혀 없이 골목길을 걸었다. 간간히 들려 오는 비명 소리는 도수가 만만치 않은 것을 알려 준다.

그렇다고 하더라도 변하는 것은 없으리라.

오히려 영수는 미소를 지으며 말했다.

"그래, 그렇게 발버둥을 쳐야 사냥하는 맛이 나지. 도수 형, 형은 잠자는 사자의 코털을 건드렸어. 차라리 조용히 살아갈 것이지, 그럼 한 푼이라도 던져 줬을 텐데."

그러나 그의 생각이 바뀌는 데는 얼마 걸리지 않았다.

골목길 끝에 다다랐을 때였다.

세 명의 사내가 신음을 흘리며 죽어 가고 있었다. 당장 병원으로 후송을 하지 않으면 안 될 만큼 큰 상처를 입고 있었다.

깜짝 놀란 성우가 그들에게 다가가 어떻게 된 일이냐고 물었지만 대답을 할 수 있는 상황이 아니었다. 너무도 끔찍하게 당했다.

"후후, 꽤나 발버둥을 치는군."

영수는 그들의 뭉개진 얼굴을 보는 순간 등골에서 식은땀이 흘러내렸다.

그러나 애써 그것을 외면한다.

도수를 쫓는 자들은 아홉 명이나 된다. 룸살롱을 크게 휘저은 것으로 보아 꽤나 실력이 있어 보이지만 아홉 명이나 되는 건달들을 당해 낼 수는 없으리라.

영수는 그렇게 생각했다.

그는 성우와 함께 도수의 뒤를 쫓았다.

워낙 요란하게 일이 벌어져 있어서 도수를 쫓는 것은 어렵지 않았다. 폐가를 나와 100m 정도 떨어진 3층 건물로 들어섰다.

"우우욱."

영수는 자신도 모르게 숨을 들이켰다.

역한 피비린내가 1층 내부에 퍼져 있었다. 천장에 붙였던 유리가 모조리 깨지며 부하 두 명의 목을 관통했다.

방금 전에 봤던 세 명의 부하들보다 더욱 심한 상처를 입었다.

얼마나 많은 피를 흘렸는지 바닥은 웅덩이처럼 피로 흥건했다.

성우가 그들에게 다가갔다.

부들부들 경련을 일으키고 있었다.

이들의 목숨이 경각에 달려 있음을 짐작할 수가 있었다.

성우는 영수를 바라봤다. 어떡해야 하는지 묻는 표정이었다.

한시바삐 119에 신고를 해야 한다. 잘못하면 부하들이 떼죽음을 당할 위험도 있었다.

"자, 잠시만. 놈의 죽음을 확인하고 구급차를 부르자. 놈의 시체는 치워야 할 것 아닌가."

영수의 말에 성우는 고개를 끄덕였다.

이제껏 여유롭던 그들의 안색이 시커멓게 변해 있었다.

─아아아아악!

비명 소리가 들렸다. 위층에서 들려오는 소리였다.

도수의 목소리가 아닌 것은 확실했다.

도저히 위층으로 올라갈 엄두가 나지 않았다.

그들은 숨을 고르고는 밖으로 나왔다. 혹여 밖에서 위층이 보이지 않을까 해서였다.

아니나 다를까.

그들의 머리 위에서 무엇인가가 떨어졌다.

바로 코앞의 사지가 꺾인 사내가 떨어진 채 꿈틀거렸다. 팔과 다리는 물론 목뼈도 옆으로 휘어 있었다.

민도였다.

"흐이익!"

심장이 밖으로 튀어나올 것처럼 놀란 영수는 엉덩방아를 찧고 말았다.

민도의 눈과 마주쳤다.

그의 눈동자는 두려움과 공포로 가득 차 있었다.

"괴…… 괴물…….."

민도가 숨을 거칠게 쉬며 말했다.

아직 살아 있는 것이 믿기지 않을 정도였다.

"거기 있었군."

건물 옥상에서 묵직한 저음의 목소리가 들렸다.

영수는 고개를 들어서 목소리가 들리는 곳을 바라봤다.

달빛에 비친 저승사자가 그곳에 서 있었다.

그의 머릿속에서 맹렬하게 경고음이 울린다.

도망쳐! 살고 싶으면 어서!

영수는 뒷걸음질을 쳤다.

성우도 마찬가지였다.

동생들을 살려야 한다는 생각은 머리 흘려보낸 후였다.

자신들의 목숨도 위험하다.

어둠 속에 숨어 있는 도수를 바라보던 영수의 두 눈이 동그랗게 떠졌다.

도저히 믿을 수 없다는 표정이었다. 영수와 성우는 온몸이 굳어 버린 것처럼 뻣뻣해지고 있었다.

도수의 눈에 영수가 보였다.

옆에 서 있는 덩치 큰 놈은 경호원으로 보였다.

한 가닥을 하는 것처럼 보이지만, 도수가 보기에는 모두가 오십보백보였다.

겁을 집어먹은 영수가 뒷걸음질을 친다.

여기서 놈을 놓치면 다시는 잡지 못할 수도 있었다.

재산을 반값으로 처분한 후 해외로 도주할 가능성도 적지 않았다.

해외로 내뺀다면 찾을 수 있는 확률은 10퍼센트도 되지 않았다.

절대로 그를 놓치면 안 된다.

하지만 아무리 도수라도 1층까지 내려가는 시간을 당길 수가 없었다.

그사이 놈이 다른 골목길로 도망을 친다면 끝장이었다.

무조건 여기서 놈과 결판을 내야 한다.

도수는 주변을 살폈다.

약 5m 정도 떨어진 곳에 커다란 가로수가 서 있었다. 잎사귀는 모두 떨어진 앙상한 나무였다. 과연 저 나무가 자신의 몸무게를 견뎌 낼 수 있을까, 걱정이 된다.

더 이상 망설일 시간이 없었다. 놈이 도망을 치려고 한다.

도수는 몇 걸음 뒤로 물러난 후 있는 힘껏 도움닫기를 했다.

그의 거구가 허공에 붕 떠올랐다.

가로수까지는 닿는다. 도수는 손을 뻗었다.

최대한 두꺼운 가지를 잡으려고 애를 써, 나름 두꺼운 가지를 잡았다.

우지끈.

역시 도수의 몸무게를 버티지는 못했다.

나뭇가지가 부러지며 도수의 몸이 밑으로 곤두박질을 쳤다. 아무리 적게 잡아도 10m 이상의 높이였다.

보통의 사람이라도 머리부터 떨어지면 죽을 수도 있었다.

도수라고 해도 별반 다르지 않으리라.

그의 몸이 강골이라고 하더라도 중력의 법칙은 무시할 수가 없었다.

도수의 몸이 뒤집힌다. 이러다가는 등부터 바닥에 떨어진다.

척추가 부러질 수도 있는 위험한 상황이었다.

도수는 억지로 다른 팔을 뻗었다.

그의 손에 다른 나뭇가지들이 잡혔다. 다시 한 번 우지끈거리며 부러졌다.

장갑을 끼고 있기에 망정이지 손바닥이 나뭇가지에 긁혀서 찢어질 뻔했다.

덕분에 도수의 몸이 기울어졌다.

속도도 한층 줄었다.

쿵!

도수의 양 발바닥이 바닥에 닿았다. 속도를 줄이고, 몸의 균형을 잡았다고는 하지만 엄청난 충격이 전신을 강타했다.

무릎과 발바닥, 허벅지에서 전달된 충격은 척추까지 와 닿았다.

입에서 신음 소리가 절로 나왔다.

찌릿찌릿한 충격으로 인해서 도수는 잠시 움직이지 못했다.

그것을 기회로 느꼈을까.

영수의 경호원인 성우가 쇠파이프를 들고 달려왔다.

그는 도수를 향해서 있는 힘껏 쇠파이프를 휘둘렀다.

아직 마비가 풀리지 않아서 도수는 움직일 수가 없었다. 그는 팔을 들어서 쇠파이프를 막을 수밖에 없었다.

깡!

쇠파이프와 도수의 팔뚝이 부딪쳤다. 굉장히 둔탁한 소리가 난다.

도수는 어금니를 강하게 물었다. 팔에서 상당한 고통이 생겨났다.

두터운 외투를 입고 있지 않았다면 팔뚝의 뼈가 부러졌을지도 모른다.

성우는 재차 쇠파이프를 휘둘렀다.

이번에는 도수의 머리를 노렸다.

도수는 양팔을 들어서 뒷머리를 감쌌다.

퍽! 퍽!

쇠파이프는 손등을 때렸다.

머리에 직접적인 충격은 오지 않았지만, 그것만으로도 충분히 고통스러웠다.

빌어먹을.

도수는 억지로 고통을 참아 낸다.

일단 머리를 보호해야 한다.

팔과 다리는 부러져도 붙일 수가 있지만, 머리통이 한 번 부서지면 다시는 본래대로 돌아가지 않았다.

성우는 승기를 잡았다고 느낀 모양이었다. 그는 거칠 것이 없이 도수의 몸을 두들겼다.

도수는 양손으로 머리를 감싼 채 웅크리고는 꼼짝도 하지 않았다.

"개새끼, 죽어서 사죄해라."

그는 잠시 뜸을 들였다. 쉴 새 없이 쇠파이프를 휘둘렀으니 숨이 차는 모양이었다.

도수의 눈이 번쩍 뜨였다.

여기서 움직이지 않으면, 자신의 목숨이 위험하다는 것을 알고 있었다.

아직 하체의 마비가 풀리지 않았지만, 어떤 식으로는 방도를 마련해야 했다.

다행인 것은 상체까지 마비가 온 것이 아니라는 것이다.

도수가 재빨리 팔을 뻗어서 성우의 발목을 쳤다.

전혀 예상을 하지 못했던지 발목을 맞은 성우의 몸이 기우뚱거렸다.

다시 성우의 발목을 낚아챈다.

몸을 지탱하고 있던 발의 발목이 잡혔다. 도수가 안쪽으로 끌어당기자 그는 엉덩방아를 찧고 말았다.

성우의 얼굴이 시커멓게 죽는다. 급히 다른 발로 도수의 면상을 걷어찼다.

퍽!

도수의 안면에서 피가 튀었다. 그럼에도 그는 성우의 발목에서 손을 놓지 않았다.

퍽! 퍽! 퍽!

성우는 계속해서 도수의 면상을 발로 찼다.

코뼈가 옆으로 휠 정도로 큰 충격이었다. 도수는 끝까지 손을 놓지 않았다.

이윽고 성우가 도수의 코앞까지 끌려왔다.

"이, 씨발!"

성우의 입에서 욕설이 튀어나왔다.

도수는 아랑곳하지 않고 그의 상체의 올라탔다.

성우가 발버둥을 치지만 이미 끝난 상황.

도수보다 몇 배나 힘이 강해야 그 자세에서 빠져나갈 수가 있을 것이다.

그러나 그의 힘으로는 도수를 이길 수가 없었다.

"잡았다."

도수가 씨익 하고 웃었다.

그의 깨진 코와 입술에서 피가 흘러 성우의 얼굴에 떨어졌다.

마치 야차를 연상시킬 정도로 살벌했다.

도수는 주먹을 들고는 성우의 얼굴을 향해서 그대로 내려 찍었다.

꽈직!

절대 평범한 소리가 아니었다.

단 한 방에 성우의 안면이 움푹 파여 들어갔다. 도수의 깨진 코와는 비교도 되지 않았다.

아예 두개골 안쪽으로 움푹 주저앉고만 것이다.

이번에는 왼쪽 주먹으로 내려쳤다. 오른손보다 족히 두 배는 강한 왼손 주먹.

왼손이 그의 안면에 다시 적중을 하자 빠각, 괴이한 소리 가 울렸다.

주먹이 입을 뚫고 들어간 것이다. 이빨이 모조리 부러지 고, 턱뼈는 안면 안쪽으로 꺾여 들어갔다. 성우는 더 이상 발버둥을 칠 수가 없었다.

그의 의식은 왼쪽 주먹에 맞았을 때 이미 사라지고 없었 다.

육체의 고통을 이기지 못해서 자의적으로 의식을 놓은 것 이다.

그렇게라도 하지 않았다면 쇼크로 인해서 즉사했을지도 모를 만큼의 충격이었다.

"후……."

도수는 크게 숨을 내쉬고는 천천히 몸을 일으켰다.

하체가 움직인다.

마비가 풀렸다는 증거. 그는 영수를 바라봤다.

영수는 다리가 풀렸는지 자리에 주저앉은 채 오줌을 지리고 있었다.

도수가 천천히 그에게도 다가갔다.

영수는 자리에서 일어나려고 했지만 쉽지가 않았다. 다리뿐만이 아니라 온몸의 힘이 풀려서 낙지처럼 흐느적거렸다.

도수는 다리를 들어 영수의 얼굴을 걷어찼다. 그의 얼굴이 축구공처럼 튕겨졌다.

"크흑, 제, 제발 살려 주세요. 도수 형, 제발."

그는 벌레처럼 기어서 도수에게 다가왔다.

큰 억울함이 있는 것처럼 도수의 발을 잡고 엉엉 울었다.

제발 살려 달라면서, 자신에게 아이가 있다면서.

도수는 한쪽 무릎을 꿇었다.

손을 뻗어 그의 턱을 들었다.

영수의 눈이 도수의 눈동자와 마주쳤다.

그가 본 도수의 눈동자는 얼음보다도 차가웠다.

도저히 자신을 용서할 것 같지가 않았다.

그래도 빌어야 한다. 발가락을 핥으라면 핥을 것이다.

살 수만 있다면.

"내가 언제부터 네놈의 형이었지."

"도수 형, 아니, 도수 형님. 제발 살려 주세요. 도영이의 얼굴을 봐서라도 제발 살려 주세요."

"아, 그래. 너는 도영이 친구였지. 좋아, 오늘 밤 우리는 긴긴 얘기를 나눌 거야. 아주 오래 전부터 이어진 우리의 긴 이야기를."

도수는 싸늘하게 웃으며 자리에서 일어났다.

"……그리고 넌 지옥에서 도영이 앞에, 아니, 도영이를 기다리며 무릎 꿇고 빌겠지."

그리고 영수의 머리채를 휘어잡은 채 차가운 공기가 감도는 골목길을 저벅저벅 걸어갔다.

영수는 비명도 지르지 못하고 질질 끌려갔다.

6.

고백

CITY of
WILD BEAS

영수는 실호라기 하나 걸치지 않았다.

그의 온몸은 멍과 피가 굳어서 엉겨 붙은 딱지가 가득했다.

극심한 공포로 인해서 눈동자는 좌우로 쉴 새 없이 움직였다.

그는 자신이 어디에 있는지 모른다.

이곳이 어디인지 짐작도 가지 않았다.

공허하게 울리는 목소리, 넓고 높은 건물, 가득 쌓여 있는 컨테이너 박스로 보아 대한민국 어디엔가 있는 창고로 보였다.

컨테이너 박스가 있는 것은 항구 근처라는 뜻일 것이다.

그렇지만 이곳에는 아무도 오지 않는다.

도수는 영수가 알고 있는, 모텔을 전전하는 뜨내기가 아니었다.

그가 신사동 파의 회장이라는 소리를 듣고 까무러칠 뻔했다.

영수도 신사동 파와 압구정 파의 항쟁에 대해서는 잘 알고 있었다.

특히 그는 압구정 파의 기득춘과 친하게 지냈다. 그의 세력을 등에 업고 압구정에 뿌리를 내렸다고 보면 된다.

당연히 압구정 파를 응원했고, 압구정 파가 항쟁에서 승리할 것이라 믿어 의심치 않았다.

하지만 말도 안 되는 소리가 들려왔다.

압구정 파가 한 사내에게 붕괴되었다는 것이다.

특히 압구정 파의 회장인 소종태가 있는 곳까지 직접 찾아가서 끝장을 냈다는 소리를 듣고 온몸에서 소름까지 돋을 지경이었다.

영수는 머리를 굴렸다. 압구정 파는 신사동 파에게 흡수가 되었다.

강남은 신사동 파와 대치동 파로 나눠진 것이나 다름없었다.

어느 쪽이든 줄을 서야 했다. 영수는 어느 쪽을 선택해야 하는지 저울질을 하고 있었다.

하지만 그것은 조금 미루기로 했다.

먼저 손안에 가시인 도수를 잡아야 했기 때문이다.

설마 도수가 신사동 파의 수장일 줄을 꿈에도, 꿈에도……

생각하지 못했다.

도수를 모텔에서 전전하는 뜨내기라고 보고한 부하들과 흥신소 놈들을 잡아서 목을 잘라 버리고 싶었다.

도수가 신사동 파의 회장인 것을 알았다면 진작 대치동 파의 붙어서 그에 대한 정보를 모조리 팔아 버렸을 테니 말이다.

그러나 물은 엎어지고…….

주워 담을 수도 없었다.

영수는 살기 위해서 도수에게 없던 이야기까지 만들어 내어 실토했다.

그는 발가벗은 채 양쪽 발목과 팔목이 뒤로 묶여서 꼼짝도 할 수가 없었다.

차가운 시멘트 바닥의 기운이 꿇고 있는 무릎을 타고 올라왔다.

허벅지 안이 당길 정도로 시린 기운.

너무 추워서 정신까지 아찔해져 왔다.

도수는 플라스틱 의자에 앉아 있었다.

다리를 꼬고 그 위에 손을 얹고서 차가운 기운보다 더욱 가라앉은 눈빛으로 영수를 바라봤다.

"그러니까 가장 먼저 도영의 돈을 빼내자고 제안한 것이 상준이라는 말이지?"

도수가 물었다.

"그, 그렇습니다. 저, 저, 저, 저와 호일이는 전혀 몰랐습니다. 그저 상준이가 하자는 대로 했을 뿐입니다. 설마 그렇게까지 참담하게 돈을 긁어낼 줄은 몰랐습니다."

영수는 눈물을 줄줄 흘리며 고개를 끄덕였다.

그가 알고 있던 도수는 잔정이 많고, 내성적인 남자였다.

비록 교도소에 갔다 오면서 성정이 거칠어졌지만, 본래 성격은 남아 있을 것이라 믿었다.

차마 자신을 죽이지는 못할 것이다.

"무기명 채권에 사인을 하게 한 놈은 누구냐?"

"그것도 상준입니다. 당시 저는 어렸습니다. 무기명 채권이 뭔지도 몰랐습니다."

"그럼 도영이는 어디로 사라졌지?"

"모릅니다, 이건 정말입니다."

"자식들이 보고 싶지 않은 모양이군. 무조건 생각을 해내야 할 거야."

10년 전에 일이다.

일부러 생각을 하지 않기 위해 의식 밑바닥 속에 감춰 두었던 기억을 꺼내야만 했다.

자물쇠를 풀고서 오래된 의식을 꺼내 하나씩 살펴본다. 자신이 놓친 부분이 있는지 모조리 찾아내야 한다.

도수는 구둣발 끝으로 영수의 턱을 톡톡 건드렸다.

"생각났나?"

"조, 조금 이상했던 적은 있습니다."

"말해 봐."

"그러니까…… 어머니가 사고 나기 보름 전에 도영이에게서 전화가 왔습니다."

"계속해 봐."

"돈에 시달리던 도영은 극심한 스트레스에 시달리고 있었습니다. 형님에게도, 어머니에게도 말을 못하고 있었지요. 한데, 그때는 꽤나 목소리가 밝은 겁니다. 왜 그러냐고 물었더니 상준이 돈을 마련해 준다고 했답니다. 정말 고맙다고요."

"그렇게 당하고도 친구들을 믿고 있었나 보군."

도수의 말에 영수는 고개를 푹 숙였다.

무덤 속까지 가지고 가려던 비밀이었지만, 모두가 들통나고 말았다.

더 이상 속일 수도 없었다.

"그래서?"

"도, 도영은 같이 나올 거냐고 물었습니다. 소주나 한잔하자고요. 저는 도영이를 만나고 싶지 않았습니다. 그의 얼굴을 볼 때마다 죄책감이 생겨났습니다. 아마 호일이도 마찬가지였을 겁니다. 알았다고 대답한 도영이는 상준이를 혼자 만나러 갔습니다."

"어디로 갔지?"

"부산으로 간다고 들었습니다."

"왜 하필 부산이지?"

"그것까지는 모르겠습니다. 상준에게 전화를 걸어서 물어

봤더니 잠자코 기다리라는 말만 했습니다. 그리고…… 도영이와 연락이 끊겼습니다."

"정리를 해 보지. 도영은 상준이를 만나러 갔고, 그 이후로 연락이 끊겼다. 이 말인가?"

"네, 얼마 후 상준이가 나타나서 저와 호일이에게 이천만 원씩을 더 건넸습니다. 무슨 돈이냐고 물었더니 저희가 입을 다무는 값이라고 했습니다."

"상준이 도영에게 뭔가 해코지를 했다는 말인가?"

"그, 그것도 잘 모르겠습니다. 이후로 저희는 거의 연락이 끊겼습니다. 호일이 같은 경우는 아예 저희를 만나려고도 하지 않았습니다."

"상준이의 입을 열어야 도영의 행방을 알 수 있다는 말이군."

"그, 그렇습니다. 제가 도영이에게 잘못한 것은 맞지만, 실종에 대해서는 전혀 아는 바가 없습니다. 정말입니다, 모두 상준이의 짓입니다."

뭔가 희망을 봤을까?

영수는 애절하고, 안타까운 눈빛으로 도수를 향해서 애원했다.

도수는 그의 눈빛을 외면하고 자리에서 일어났다.

그리고 누군가에서 시켜 서류 봉투를 가지고 오게 한 후 도장을 찍게 만들었다.

그의 모든 재산이 서류 속에 들어 있었다.

아무도 모를 것이라 여겼던 세종시에 숨겨 두었던 땅도 서류에 적혀 있었다.

부동산, 채권, 증권, 은행 예금, 펀드까지 십 원 짜리 하나 남기지 않았다.

도수는 그곳에 도장을 찍게 했다.

영수는 그곳에 도장을 찍을 수밖에 없었다.

일단은 살아야 한다.

일단 이곳에서 벗어나기만 한다면 강압에 의한 재산 탈취로 소송을 걸 생각이다.

물론 다른 사람 명의로 되어 있는 부동산은 찾지 못할 테지만, 탈탈 털려서 길거리에 나 앉는 것보다는 백배 나았다.

도수는 서류를 기현에게 넘겼다.

그는 기현의 어깨를 툭 치며 알아서 처리해, 라고 말했다.

알아서 처리해, 라는 말을 듣는 순간 영수는 불길한 느낌이 온몸을 휘어 감았다.

그는 도수의 발목을 잡으려고 했지만, 기현의 의해서 제지가 되었다.

기현은 영수를 보며 싱긋 웃었다.

"뭔가 단단히 착각을 하고 있는 모양이야. 넌 죄가 없다고 생각하는 모양이지? 이 모든 일의 사태는 바로 네놈들이야. 한 놈도 벗어날 수가 없어. 그렇지 않아? 책임을 져야지."

"무슨 책임! 나는 돈만 받았을 뿐이야! 도영이에게 사채업자를 소개시켜 줬을 뿐이라고!"

"나비효과라고…… 아는지 모르겠네. 네놈은 겨우 그것뿐이었는지 모르지만, 사태는 걷잡을 수 없이 커졌으니까. 네놈이 상상도 못할 만큼."

"그, 그게 무슨."

"지옥에 가서 생각해 보라고."

기현은 뒤편에 있던 두 명의 동생을 시켜 영수를 옮겼다.

커다란 드럼통에 영수를 그대로 넣는다. 영수의 눈이 경악에 가까워졌다. 자신의 목숨이 경각에 달렸음을 본능적으로 눈치챘다.

"난 아니야, 나는 아니라고! 제발! 도수 형님! 저는 자식이 있어요. 제발! 저는 자식이 있다고요!!"

영수는 처절하게 외쳤다.

하지만 도수는 대답하지 않았다. 이미 창고 밖으로 나갔는지 인기척도 없었다.

영수는 돌아오지 않는 도수를 끝없이 불렀다.

"그 새끼, 정말 시끄럽군. 이럴 줄 몰랐나 보지? 네놈으로 인해서 수많은 사람들이 지옥을 봤다. 네놈이 자식새끼를 낳고 편하게 사는 동안 말이야. 아, 네 가족들은 걱정 마. 월세방 정도는 얻을 돈을 남겨 줄 테니 말이야."

기현은 영수를 향해 싸늘하게 말했다.

"내 가족은 내버려 둬! 내 가족들을 내버려 두라고!"

드럼통에 갇혀 있던 영수가 몸을 좌우로 흔들었다. 남은 힘을 짜내서 악착같이 반항을 하고 있는 것이다.

기현은 눈살을 찌푸린 후 동생들에게 손을 까닥였다. 한 사내가 커다란 깔때기를 가지고 와서 그의 입에 물렸다. 깔때기의 끝부분이 그의 목구멍까지 박혔다.

"읍읍읍읍."

영수의 눈이 부릅떠졌다.

이들이 자신에게 무슨 짓을 하려고 하는지 잘 알고 있었다.

차라리 그냥 죽여 달라고 외치고 싶지만, 말소리가 나오지 않았다.

깔때기 위로 모래와 물로 곱게 말린 시멘트가 부어졌다.

"크륵크륵."

목구멍에서 꼬로록 소리가 난다.

인간이 먹을 수 없는 시멘트가 그의 뱃속을 가득 채웠다.

목구멍으로 되돌아 나올 때까지 기현의 동생들은 시멘트를 가득 부었다.

이윽고, 영수의 눈이 뒤집혔다.

코와 눈동자에서 시멘트가 역류한다.

영수의 시간이 멈췄다.

사내들은 그의 머리 위로 남은 시멘트를 부었다.

점차 영수의 모습이 사라진다.

드럼통 안을 시멘트로 가득 메우자 뚜껑을 덮었다.

몽키로 강하게 때려서 뚜껑이 열리지 않도록 고정시켰다.

사내들을 드럼통을 발로 차서 옆으로 뉘었다. 그것을 발로 굴려 밖으로 나갔다.

기현은 창고 밖으로 나갔다.

차가운 바닷바람이 기현을 때렸다. 갈매기들이 사방에서 날아다녔다.

비린내가 진동한다.

창고 앞에는 도수가 서 있었다. 그는 말없이 담배를 펴고 있었다.

연달아 폈는지 발밑에는 두 개비의 꽁초가 나뒹굴었다.

"소주 한 잔 대접할까요? 형님."

도수와 기현은 둘이 있을 때만큼은 공적인 명칭을 쓰지 않았다.

처음에는 반대한 기현이지만, 끝까지 도수의 명을 거절할 수는 없었다.

그렇기에 둘이 있을 때면 기현은 도수에게 형님이라고 불렀다.

기현은 도수의 마음이 어떨지 짐작할 수가 없었다.

아직도 동생의 행방을 찾지 못했다. 더군다나 처음으로 살인을 지시했다.

직접 죽인 것은 아니라고 하더라도 마음이 무겁지 않을 수는 없었다.

입안이 쓸지도 몰랐고, 머리가 어지러울지 몰랐고, 아무것도 생각하고 싶지 않을지도 몰랐다.

도수는 고개를 끄덕였다.

기현의 생각대로 도수의 입맛은 썼다.

교도소에 있을 당시에는 동생의 실종과 관계된 놈들을 반드시 껍질까지 벗겨서 죽일 것이라 맹세했다.

하나 직접적인 살인을 눈앞에서 실행하게 되자 마음이 무거워졌다.

자신이 제대로 앞을 향해서 가고 있는 것일까, 라는 자괴감도 들었다.

기현은 동생들에게 나머지 일처리를 시키고는 도수와 함께 항구 밖으로 나왔다. 멀리 갈 필요도 없었다.

근처 24시간 해장국 집에 들어가 해장국 두 그릇을 시키고는 소주를 마셨다.

해장국은 거의 손을 대지 않았다.

기현은 조금이라도 드시라고 했지만, 도수는 고개를 끄덕이고는 먹지 않았다.

그렇게 앉은 채로 둘은 소주 다섯 병을 비웠다.

다섯 병을 비우는 데 걸린 시간은 1시간이 채 되지 않았다.

보통 사람들이라면 빈속에 술을 마셨으니 취기도 빨리 올랐을 것이다.

하나 그들은 얼굴만 조금 붉어졌을 뿐 조금도 흐트러지지 않았다.

"형님……."

한참 뜸을 들이던 기현이 입을 열었다.

"말해."

"주제넘게 들릴지 모르지만 한 말씀 올려도 되겠습니까."

도수는 고개를 끄덕였다.

"예전 형님께서 제게 말씀하시길, 가족에게 지옥을 보여준 이들에게 똑같이 하신다고 하셨습니다."

"그런 적이 있었지."

"제가 자세한 내막은 알지 못하나 형님께서 어떤 일을 당하셨는지 짐작은 할 수가 있습니다. 지금은 어떠십니까, 그들을 용서하실 생각이십니까?"

"추호도 그럴 생각이 없다."

도수는 두 번 생각하지 않고 바로 대답했다.

"그럼 후회하십니까?"

"그런 것도 없다. 단지 마음이 무거울 뿐이다."

"이제 시작일 뿐입니다. 형님은 단순한 조직의 수장이 아닙니다. 수십 명의 삶이 형님의 어깨의 달려 있습니다. 더욱 크고 무거운 짐들이 무형적으로 형님의 등을 짓누를 것입니다."

"알고 있다. 조금의 시간이 필요할 뿐이지. 나는 뒤돌아보지 않는다. 씁쓸한 마음은 오늘뿐이다. 영수 놈이 다시 내 눈앞에 나타난다고 하더라도 나는 지금보다 더 한 짓을 할 수 있을 것이다."

"너무 슬퍼하지 마십시오. 너무 마음도 쓰지 마십시오. 형님은 총의 주인이 되면 됩니다. 의지만 있으시면 됩니다. 제가 대신 상대의 목을 뚫는 총이 되겠습니다. 총구가 닳아서 버려지더라도 저는 끝까지 형님과 함께할 것입니다."

"고맙군."

"별말씀을요. 그저 형님께서 오늘 일을 빨리 떨쳐 버리기를 바랄 뿐입니다."

기현은 도수의 잔에 소주를 따랐다.

도수는 말없이 잔을 비웠다. 다시 잔이 채워지고…….

도수는 기현을 바라봤다. 한 치의 흐트러짐이 없는 사내.

자신과 같은 자에게 이런 사내가 붙어 있는 것이 신기할 정도였다.

그리고 무척이나 고마웠다.

*　　*　　*

유정은 몹시도 괴로웠다.

어제 도수에게서 모든 사실을 들었다.

그는 유정의 옆에서 담담하게 고백을 했다.

자신이 어떤 사람이며, 왜 영수가 유정을 납치했고, 서로가 원수가 됐는지.

10년 전으로 거슬러 올라가 차분하게 설명을 했다.

유정은 도수의 말을 말없이 들었다.

도수의 인생은 유정이 생각했던 것보다 훨씬 험난했다.

특히, 억울한 일을 당하고도 아무도 그를 봐 주지 않았을 때는 심한 분노마저 느꼈다. 그가 한 일은…… 발버둥을 쳤던 것뿐이었다.

자신을 말을 들어 달라며 세상을 향해서 울부짖었을 뿐이었다.

그러나 돌아온 것은 10년이란 긴 세월의 교도소 생활이었다.

그가 얼마나 이를 갈았을지 보지 않아도 알 것 같았다.

때때로 보인 도수의 광기 어린 행동은 과거에 대한 망령과도 같았다.

하지만 지금의 그는 조직 폭력배의 수장이다. 자신이 조직 폭력배의 수장을 좋아할 것이라고는 맹세코 한 번도 생각해 보지 않았다.

그녀가 가장 증오하는 자들 중에 하나가 깡패였다.

서민들의 피를 빨아먹는 거머리와도 같은 자들.

돈 몇 푼에 사람을 매춘굴에 팔아 치우고, 마약을 뿌리며, 돈을 위해서라면 미성년자들에게도 거침없이 손을 뻗는 사회의 암세포들이었다.

하나 도수는 그렇지 않았다. 아니, 아닐 것이라 생각했다.

그로 인해서 도수와 조직 폭력배들 간의 괴리감이 생겨났다.

무엇이 맞는지 도저히 알 수가 없었다.

도수의 삶은 충분히 보상받아야 마땅하다.

무슨 수를 써서라도 도움을 주고 싶었다. 그렇지만 그가 조직 폭력배의 수장이라면 얘기가 달라진다.

무엇이 옳은 길이고, 선택인지 확신을 할 수가 없었다.

핸드폰을 열었다.

단축 번호 5번에 마도수라는 이름이 선명하게 찍혀 있었다.

가족과 민희를 제외하고는 가장 앞자리.

그렇지만 도수에게 전화를 걸 용기가 생겨나지 않았다.

얼굴을 마주 보고서 어떤 말을 해야 할지 몰랐다.

보고 싶지만 자신이 없었다.

한참을 망설인 유정은 단축 번호 4번을 눌렀다.

가장 친한 친구인 현민희였다.

민희는 안쓰러운 얼굴로 유정을 바라봤다.

잠을 하나도 자지 못했는지 눈매가 움푹 파여 있었다.

입술에는 딱지가 앉고, 뺨에는 멍이 들었다.

그녀가 어떤 일을 겪었는지 기현에게 들어서 알고 있었다.

유정은 도수에 대해서 모든 것을 알았다.

그리고 민희가 유정을 속여 왔다는 것도 알았다.

민희와 유정은 포장마차에 앉은 채 말없이 술잔을 기울였다.

민희는 유정이 입을 열 때까지 아무런 말을 하지 않았다.

"나쁜년."

이윽고 유정이 입을 열었다.

그녀는 자신의 잔에 소주를 따르고는 물을 마시듯이 입안에 털어 넣었다.

"미안하다."

민희는 한숨을 쉬었다.

가장 친한 친구를 속였다는 죄책감이 그녀를 마음 아프게 했다.

하지만 기현이 깡패라고 말을 했다면 과연 유정이 잘 사귀어 보라고 축하를 해 주었을까.

어림도 없는 소리였다.

모르긴 몰라도 도시락을 싸 들고 다니면서 뜯어말렸을 것이다.

어쨌든 속인 것은 사실이다.

그로 인해서 도수의 일도 속이게 되었다.

작은 거짓말이 큰 거짓말을 불러, 여기까지 오게 되었다.

"기현 씨도 깡패지?"

유정은 기현을 대놓고 깡패라고 말했다.

"그래."

민희는 순순히 대답했다.

따지고 싶은 생각도 없었다. 기현이 깡패인 것은 사실이니까.

"왜 말을 안 했어?"

"네가 그 사람들을 치가 떨리게 싫어하니까."

"그래서 깡패랑 사니까 좋아?"

"그들도 사람이야. 똑같이 사랑하고, 똑같이 밥을 먹고, 똑같이 정치인들을 욕하고, 똑같이 공과금이 많이 나왔다고 불평해."

"말 돌리지 마. 그래서 깡패랑 사니까 좋냐고."

"말 돌리는 거 아니야. 난 행복해, 그 사람의 직업이 그래서 그렇지, 다른 것은 다 만족해."

"직업은 개뿔, 밖에 나가서는 거들먹거리고, 사람들을 괴롭히고, 돈이나 뜯고, 마약을 뿌리고, 성매매 업소나 차리고, 뭐 그런 것도 직업인가."

"그렇게 말하지 마. 안 그런 사람들도 있어."

"호호호, 말이 되는 소리를 해라. 네게 말한 깡패라는 직업은 그렇게 먹고 사는 거야. 열심히 일해서 그들이 돈을 버는 걸 본 적 있어? 그들은 기본적으로 서민들의 피를 빨아먹어야 살 수 있는 거야."

"이, 이제 사업체를 운영한다고 했어."

"아, 흥신소라도 차리나 보네."

"아니야. 합법적인 회사라고 했어."

"기현 씨가 그러디? 깡패들이 합법적인 회사를 차린다고?"

유정은 코웃음을 치며 민희의 말을 비웃었다.

"아니, 도수 씨가."

도수라는 이름이 나오자 유정은 얼어붙었다.

냉소적이었던 표정이 갑자기 뒤바뀌어 굉장히 고통스러워 보였다.

"도수 씨 사랑하지?"

"큭, 사랑? 사랑은 개뿔."

"사랑이 아니면 왜 그렇게 괴로워하는데. 사람을 봐 줘. 나는 도수 씨에 대해서 잘 몰라. 하지만 너는 알잖아. 기현 씨 말로는 굉장히 외로운 사람이라고 하던데."

"맞아, 외로운 사람이지. 그토록 외로운 사람을 본 적이 없어."

"그런데 왜 그 사람을 밀어내려고 하지. 도수 씨에 대해서 조금이라도 이해를 하는 너라면 같이 있어 줘야 정상 아니야?"

"모르겠어. 정말로 뭐가 뭔지 모르겠어."

유정은 머리를 흔들었다.

그리고는 다시 술을 들이켰다.

안주도 먹지 않고 소주를 두 잔이나 목으로 넘겼다.

"도수씨가 깡패라서 그러는 거지? 네 신념과 정반대의 길을 가는 사람이니까. 그럼 그 사람과 직업을 별개로 놔 봐. 도수 씨는 도수 씨, 직업은 직업으로 보란 말이야."

"그게 말이 돼?! 두 가지는 하나란 말이야."

"이 고집불통."

한숨을 내쉰 민희가 전화를 들었다.

상대방에게 전화를 건 후 자신이 어디에 있다고 말을 해 주었다.

"뭐야, 혹시 기현 씨 오니?"

눈치를 챈 유정이 물었다.

"그래."

"나 갈래."

유정이 벌떡 일어났다.

그녀는 벗어 두었던 외투를 걸쳤다.

그런 그녀를 민희가 말렸다. 유정의 팔을 잡고 억지로 자리에 앉혔다.

"얘기만 듣고 가. 내가 장담하는데, 너 이렇게 가면 다시는 도수 씨 보지 못해."

약발이 먹힌 것 같았다.

유정은 고개를 돌렸다.

그러나 자리에서 일어나지는 않았다.

잠시 후 기현이 포장마차 안으로 들어왔다.

유정은 슬쩍 기현이 들어오는 방향을 바라봤다.

심장이 심하게 뛰었다.

그가 왔으니 도수도 함께일 것이다. 하나, 도수는 보이지 않았다.

어쩐지 맥이 빠지는 느낌이었다.

기현이 다가와 유정에게 고개를 숙였다.

"안녕하세요, 유정 씨. 몸은 좀 괜찮으세요?"

"네."

유정은 고개를 끄덕였다.

기현은 민희의 옆에 앉았다.

민희가 이모, 여기 소주잔 하나만 더 주세요, 라고 말했다.

중년여인이 소주잔과 젓가락, 숟가락을 가져다 기현 앞에 놓았다.

민희는 소주잔에 소주를 따라 주었다.

기현은 소주를 단숨에 들이켰다. 뭔가 답답한 표정이었다.

"회장님과 아니, 도수 형님을 한번 만나 보시지요."

"왜요?"

"형님의 상심이 무척 크십니다."

"⋯⋯."

상심이 크다.

유정은 그 단어에서 묘한 희열을 느꼈다.

자신이 아파하는 것만큼 도수도 아파하고 있다는 것을 확인한 셈이다. 동시에 그가 괜한 마음을 먹지 않을까, 걱정도 되었다.

"아직 마음에 준비가 되어 있지 않아요."

"때를 놓칠 수도 있습니다. 남자의 마음과 여자의 마음은 전혀 다릅니다."

"무슨 말씀이신지."

"아시다시피 형님의 상처는 꽤나 큽니다. 특히 10년간의 교도소 생활은 형님을 괴물로 만들었죠. 형님이 유정 씨를 만나지 않고, 회장 자리에 앉았더라면 어떤 식으로 피바람이 불었을지 상상도 할 수가 없습니다."

"피바람이 불다니요?"

"형님은 원한은 무척이나 깊습니다."

"알고 있어요."

"하나, 형님은 유정 씨를 만나고 나서 무척이나 유해졌습니다. 종종 웃기도 하시고요. 제 말은 형님이 출소를 한 후 유정 씨를 처음으로 만난 것은 서로에게 큰 행운이라는 것입니다."

"제가 오빠에게 큰 행운이라고요?"

"그렇습니다. 장담하건데 형님이 이성을 잃지 않고 있는 것은 오직 유정 씨 덕분입니다. 유정 씨가 있기에 형님의 인간적인 면이 남아 있는 거고요."

"그래서 제가 뭘 어떻게 해야 한다는 거죠?"

"뭘 하라는 것이 아닙니다. 그저 형님과 직접 얼굴을 보고 서로의 진심을 털어 놨으면 합니다. 때를 놓치면 형님은 유정 씨의 행복을 기원하고 손을 놓을 것입니다. 왜 그러냐고 묻지는 마세요. 그게 남자라는 종족이니까요."

유정은 기현의 말을 잠자코 들었다. 참으로 설득력이 있는 말이었다.

듣고 싶은 말만 해 주어 가려운 곳을 긁어 주는 느낌도 들었다.

"오빠는 어디 계시죠?"

침묵을 지키던 유정이 기현에게 물었다.

기현은 빙그레 미소를 지었다.

사람을 편안하게 해 주는 미소였다.

"저기 문만 열고 나가시면 됩니다."

"밖에 있어요?"

유정의 눈이 동그랗게 변했다.

"네."

갑자기 심장이 뛰기 시작한다.

자신도 모르게 거울을 꺼내서 얼굴을 보았다.

머리를 단정하게 하고, 얼굴에 분을 바른다. 입술에 립밤을 바른 후 자리에서 일어났다.

그녀는 기현에게 고맙다는 말을 하고는 서둘러 문밖으로 나갔다.

"어머, 저 계집애 봐. 방금 전까지 깡패가 어떻고, 저떻고 하더니 금방 뛰어나가네."

민희는 문을 나가는 유정의 뒷모습을 보며 투덜거렸다.

그녀는 고개를 돌린 후 기현을 바라봤다.

기현는 뭐가 그렇게 즐거운지 흐뭇한 미소를 지우지 않고 있었다.

"우리 서방님."

"왜?"

"도대체 무슨 마법을 쓴 거야? 내가 아무리 말을 해도 꼼짝도 하지 않던 계집애가 오빠 말만 듣고 벌떡 일어나서 낭군님께 달려가잖아."

"별거 아니야."

"그러니까 그 별게 뭐냐고."

"단순해. 그냥 서로가 듣고 싶은 말만 해 주었을 뿐이야. 잘 보면 알겠지만, 우리 회장님도 유정 씨도 연애의 쑥맥이거든. 누군가 등을 밀어 주지 않으면 한도 끝도 없이 평행선만 달릴 거라고."

"하긴 그건 동감. 둘이서 아직 키스도 안 해 봤을 걸."

"키스는 무슨. 손이라도 잡았으려나 모르겠네."

기현과 민희는 호탕하게 웃었다.

그들은 남은 소주잔을 비우며 오래간만에 둘만의 데이트를 즐겼다.

도수와 유정은 나란히 서 있었다.

그들의 앞으로 유람선 한 척이 지나갔다.

오토바이를 타고 온 몇몇 고등학생들은 하늘에 불꽃을 쏘며 불꽃놀이를 즐겼다.

갑자기 밀려온 한파로 인해서 자전거를 타거나 운동을 하는 사람들은 거의 찾아볼 수가 없었다.

유정은 운동화 끝을 바닥에 톡톡 쳤다.

뭔가 말을 하고 싶지만 마땅하게 떠오르는 말이 없었다.

그렇다고 불편하거나 그런 것은 아니었다. 당장이라도 예전처럼 돌아가 편하게 말을 하고 싶었다.

그러나 뭔지 모를 벽이 중간에서 가로막고 있는 기분이었다.

"미안하다."

다행히도 도수가 먼저 말을 건네주었다.

그의 묵직한 목소리를 듣자 심장이 빠르게 뛰었다.

미희가 옆에 있었다면 나 미쳤나 봐, 라고 말을 했을지도 몰랐다.

그의 목소리를 듣는 것만으로도 왈칵 눈물이 쏟아지려고 한다.

"아니에요. 제가 속이 좁았어요."

"아니다. 그런 중대한 사실을 숨기려고 했던 내가 잘못한 거다. 이제 와서 하는 변명이지만 너와의 인연이 길게 갈 것이라고 생각하지 않았다."

유정은 고개를 끄덕였다.

둘이서 처음 만났을 때는 시기적으로 도수가 막 출소를 했을 당시.

자신 같아도 나 이제 막 출소했습니다, 라고 말을 하고 싶지는 않았을 것이다. 어차피 다시 볼 사람이라고 생각하지도 않았을 테고.

더군다나 그때는 조직 폭력배와 크게 연줄이 닿아 있는 것도 아니었다.

"오빠."

"응."

"오빠는 그 사람들에게 복수를 할 거죠?"

"아마도."

"그들이 밉죠?"

"단 하루도 잊어 본 적이 없다."

유정은 고개를 끄덕였다.

얘기만 들어도 울분이 치솟는다.

얼마나 억울했을까. 자신 같았으면 너무 억울해서 미쳐 버렸을지도 모른다.

"그들이 누구에요?"

도수는 고개를 흔들었다.

알아서 좋을 것이 없다는 뜻이었다.

사실 그렇기도 했다.

상대는 거대 기업의 사장. 10년 안에 회장이 될 확률이 매우 높았다.

마음만 먹으면 대한민국을 뒤흔들 수도 있는 위치에 있는 자였다.

그에 대해서 유정이 알아서는 안 된다.

만에 하나 또 다시 그녀가 납치가 되지 않으리라 장담은 할 수가 없었다. 그녀와 완전히 갈라서든지, 영원히 지켜 주든지 해야만 했다.

헤어지기는 싫다.

그렇지만 자신의 뜻대로 그녀를 옆에 둘 수는 없는 입장이었다.

그녀의 마음이 가장 중요했다.

"말 안 해 주는 것을 보니 무시무시한 사람들인가 보네."

"알아서 좋을 것이 없다. 알아서도 안 되고."

"오빠 정도 되는 사람이 겁이 날 정도에요?"

"나 정도 되는 사람이라…… 나 정도 되는 사람이란 뭐지?"

"세상 무서울 것이 없어 보이는 사람이요."

"그렇지 않다. 나는 아직도 10년 전에 있었던 일을 악몽으로 꾼다. 어머니를 죽인 자 앞에서 비겁하게 살려 달라고 외쳤던 꿈을……. 강하게 보일지는 모르지만 나는 약하다."

도수의 말은 한없이 쓸쓸해 보였다.

저 거대한 등이 이토록 작아 보이기는 처음이었다.

너무도 안쓰러워서 눈물이 왈칵 쏟아질 것만 같았다.

유정은 주머니에서 손을 뺐다.

그녀는 도수의 손을 쥐었다.

도수는 유정을 바라봤다. 잠시 오해가 있었지만 그토록 바라던 서로 간의 눈빛이었다.

따뜻하고, 애틋하며, 신뢰와 정이 듬뿍 담긴 그 눈빛.

"오빠는 잘 해낼 거예요. 자신이 약하다는 것을 알고 있는 사람은 정말 약한 것이 아니에요. 정말로 약한 사람은 자신의 힘이 무엇인지 모르고 휘두르는 자랍니다."

자신의 힘이 무엇인지 모르고 휘두르는 자. 부모로부터

돈과 권력을 물려받은 자.

형태가 연상되었다.

"고맙군."

"고맙긴요. 괜히 오빠에게 심술부려서 미안해요. 마음고생 시킨 것도."

"아니다. 말을 하지 않은 내 잘못이지."

"오빠는……."

유정은 말을 잇지 못했다. 무엇인가 응어리진 말을 하고 싶은 모양이었다.

"괜찮으니 말을 하렴."

"모두에게 복수를 하면 그 다음에는 뭐하실 거예요?"

"복수가 끝이 나면?"

"네."

한 번도 생각해 본 적이 없었다.

죽을 때까지 놈들의 목을 쥐어뜯을 생각은 해 봤지만 복수가 끝이 난 후란 생각은 해 보지도 못했다.

문득 민태가 떠올랐다. 그는 아내와 함께 지방에서 찻집을 운영 중이었다.

굉장히 만족한 생활을 하는 모양이었다.

민태는 동생, 아이들이 쑥쑥 커.

마당도 넓어서 한껏 뛰어놀기에도 좋아. 한 번 놀러 오라고, 라고 말을 한 적도 있었다.

부러운 생활이었다. 그러나 그것이 자신과 관계가 있다고 여기지는 않았다.

그렇지만 유정과 함께라면…….

행복한 생활이 될 듯싶었다.

"전원 생활을 해 볼까? 콩도 키우고, 오이도 키우고, 딸기도 키우고."

"후후, 그거 괜찮네요. 그런데 누구랑요?"

"누구긴 누구겠어."

도수는 빙그레 웃으며 유정을 바라봤다. 유정은 활짝 웃었다.

서로의 눈빛에서 감정이 넘쳐흘렀다.

둘은 한참이나 손을 잡고 그렇게 서로를 바라보며 서 있었다.

7.

휴식

CITY OF
WILD BEAST

도수와 유정은 급속도로 친해졌다.

예전에도 나쁘지 않는 사이였지만 지금은 누가 보더라도 연인처럼 보였다.

유정은 도수를 생각할 때나, 그에 대해서 이야기를 할 때는 항상 웃음이 끊이지가 않았다.

그런 유정을 보며 민희는 미친년, 며칠 전까지만 하더라도 울고불고 하던 년이. 잘하는 짓이다. 누가 보면 지만 연애하는 줄 알겠네, 라고 투덜거렸다.

유정은 도수가 속한 조직의 이름을 처음으로 들었다. 신사동 파라고 하였다. 신사동 파는 유정도 익히 들어서 알고 있었다.

강남에서 가장 삼대 조직 중에 하나였다.

그중 신사동 파는 악랄하기로 유명한 압구정 파와의 항쟁에서 승리를 거두고 거대 조직으로 탈바꿈을 하고 있었다.

아무리 유정이 대담한 심장을 가지고 있는 열혈 기자라고 하지만 강남 삼대 조직을 건드릴 정도는 아니었다.

그런데 도수가 그런 신사동 파의 수장일 줄이야.

조직 폭력배의 수장이라고 해서 수십 명 정도 거느렸을 거라고, 생각했던 것은 완전히 오산이었다.

신사동 파 정도 되는 조직이라면 하나의 중소 기업이라고 해도 무방할 정도였다.

입이 떡 벌어진 유정은 민희에게 야, 기현 씨도 신사동 파 조직원이야? 라고 물었다. 그랬더니 민희는 응, 거기서 기획실장을 맡고 있데, 그리고 신사동 파가 아니라 현율 실업으로 명칭을 바꿨다더라, 라고 답을 해 주었다.

기획실장이라니. 일반적인 기업이라면 임원들을 제외하고 가장 높은 자리 중에 하나라고 할 수가 있었다.

그녀는 인터넷에서 현율 실업이라는 곳을 찾아보았다.

신생 기업이라 그런지 정보는 그리 많지 않았다.

하지만 그 회사에서 하고 있는 일은 대충 파악을 할 수가 있었다.

업소 관리와, 부동산 마케팅, 부동산 리치가 상당수를 차지했다.

자산 규모는 대략 120억, 사원수는 80명이다.

알려진 바로만 그렇고 감춰진 부분은 족히 2배 이상은 될 것이다.

도수가 속한 조직을 과소평가했다는 것은 인정해야만 했다.

일단 유정의 눈에 콩깍지가 낀 상태다.

깡패들을 증오하지만, 도수는 좋아했다. 도수는 깡패다. 도수와 함께 있는 깡패들도 싫지는 않았다.

이상한 논리지만 마음이 그렇게 가니 어쩔 수가 없었다.

유정은 주말에 무엇을 할까 골똘히 생각했다.

겨울 바다를 보러가자고 말을 해 볼 생각이다.

겨울 바다를 보며 회 한 접시라, 무척이나 구미가 당겼다.

그녀는 도수에게 전화를 걸었다. 곧 그녀는 실망스러운 표정을 짓고 말았다.

도수는 주말 1박 2일로 회사 단합 대회를 간다고 하였다.

혹시 영화처럼 문신을 온몸에 새긴 깡패들이 술 처먹고 일반인들에게 피해를 주는 것이냐고 물었더니 도수는 털털하게 웃으며 절대 아니라고 하였다.

그렇다면 자신도 쫓아가도 되냐고 유정이 물었다.

왜냐고 도수가 물었다. 유정은 조직들의 생활을 밀착 취재해서 기사로 내보낼 것이라고 하였다.

도수는 한숨을 쉬더니 알았다고 대답했다.

유정은 신이 났다.

비록 둘이서 가는 여행은 아니지만 그것만으로도 충분히 만족스러웠다.

사실 둘이서 여행 가는 것은 아직까지 창피했다.

이제 겨우 둘이서 손을 잡아 보지 않았던가. 한 발, 한 발 천천히 진도를 뺄 생각이다.

단합 대회라고 했지만, 여자들은 없을 확률이 높았다.

남자들만 득실거릴 것이다.

그녀는 민희에게 전화를 걸어서 그날 비행이 있냐고 물었다.

다행히 비번이라고 한다.

그럼 현율 실업 단합 대회에 같이 가자고 말했다.

민희는 흔쾌히 알았다고 대답했다. 준비는 착착 진행이 되었다.

민희 차에 짐을 실을 생각이다.

야한 속옷도 샀다.

야한 속옷을 사면서 얼마나 창피했는지 모른다. 위아래 속옷에 호피 무늬가 그려져 있었다.

속옷의 가격은 20만 원이 넘었다.

이제까지 이렇게 비싼 속옷은 사 본 적이 없었기에 깜짝 놀랐다.

그래도 과감하게 지갑을 연다.

이런 속옷을 입고 도수 앞에 나타나면 그 남자가 어떤 표정을 지을까 상상이 간다. 유정은 혼자서 킥킥 거렸다.

일단 야한 속옷을 사긴 샀지만 도수가 볼 확률은 0.01 퍼센트가 되지 않는다는 것도 알고 있었다.

그냥 기분을 내보는 것이다.

주말이 왔다.

도수에게서 전화가 왔다.

먼저 출발을 할 테니 가평으로 오라고 말했다.

그는 주소를 불러 주었다.

유정은 도수가 불러 주는 주소를 받아 적었다.

민희가 유정을 데리러 집 앞까지 왔다.

그때 불청객이 끼어들었다.

유정의 동생인 유민이가 갑자기 민희 차에 탄 것이다.

유정은 동생을 향해서 버럭 소리를 질렀다.

"야! 뭐하는 거야. 당장 안 내려!"

"왜 이러시나. 여자끼리 어딜 가는 거야. 수상해…… 남자들하고 가는 거지?"

유민은 유들유들하게 말했다. 장난끼가 다분한 표정이었다.

"네가 뭔 상관이야, 우리 바쁘거든. 좋은 말 할 때 당장 내려."

"고렇게는 못하지. 누나, 어제 아주 야한 속옷 사 왔더라? 그걸 왜 사 왔을까……."

언제 그것을 봤지, 라는 표정을 지은 유정의 얼굴이 붉어졌다.

그는 손을 뻗어 유민의 머리채를 잡으려고 했다.

"어허, 왜 이러실까."

유민은 어렵지 않게 유정의 손을 피했다. 그는 웃으면서 말했다.

"내가 쫓아가지 않으면 엄마가 절대 보내지 않을 거야."

"엄마한테 무슨 소리했어?"

"무슨 소리를 하긴, 난 경찰이라고. 눈으로 확인한 증거만을 얘기했다고. 누나가 갑자기 야한 속옷을 사서 1박 2일로 놀러 간다고. 절대 여자끼리 갈 리가 없다고 말이야."

"야 이! 미친놈아! 그런 소리를 하면 어떡해."

"어서 가 보자고. 저기 엄마 나왔네."

유민은 대문 앞으로 나온 그들의 어머니를 가리켰다.

병으로 인해서 상당히 말랐지만 젊었을 적에는 미인이라는 소리를 많이 들었을 법한 외모였다.

교양과 학식을 두루 갖춘 것처럼 보였다.

유정과 유민의 어머니는 두터운 카디건을 걸치고 있었다. 유정이 창문을 열어서 어머니에게 말했다.

"엄마, 추워. 왜 나와 있어, 어서 들어가."

"유민이 데리고 가렴."

"아니, 내가 왜 얘를."

"네가 다 컸다는 것을 안다. 곧 시집도 갈 나이고. 지금까지처럼 네가 잘 알아서 할 것도 알아. 하지만 이것은 알아 두렴. 모르며 몰랐으되, 알고서는 그냥 넘길 수가 없단다. 우리 딸이 좋아하는 남자가 누군지 보고 싶은 마음도 굴뚝같고. 하지만 결혼 전에 임신 소식을 듣고 싶지 않단다."

운전대를 잡고 있던 민희는 웃음을 참지 못했다.

야한 속옷 한 번을 산 것이 너무 크게 비화가 되고 있었다.

"엄마, 그런 게 아니야."

"알았으니까. 유민이 데리고 가렴. 남자끼리 술을 한잔하는 것도 나쁘지 않잖니. 유민이가 아직 어리지만 같은 사내는 볼 줄 알 거야."

"아이고, 미치겠네. 그런 게 아니라니까. 알았습니다, 알았어. 그럼 같이 갔다 오겠습니다."

유정은 포기했다.

이 못된 동생 놈이 엄마한테까지 이를 줄을 예상하지 못했다.

설마 그런 식으로 쫓아올 줄이야.

곧 경찰 대학을 졸업하면 팀장급으로 발령이 난다고 들었다.

꽤나 우수한 성적을 올려 유능한 그를 데리고 가기 위해 각 부서가 눈이 벌겋다고 자랑도 했다.

그런 놈이 이 따위 농간으로 누나의 행복한 1박 2일을 무참하게 박살 낼 줄은 몰랐다.

"너 이유민!"

"넵, 누나."

"좋은 말할 때 가서 찌그러져 있어. 누구랑도 말 섞지 말고."

"걱정 마시죠, 누나."

시원시원하게 대답을 했지만 도무지 믿을 수가 없는 유정이었다. 어쩐지 터지기 전에 시한폭탄을 안고 가는 기분이 들었다.

"어머니, 나중에 뵐게요."

민희는 유정의 어머니에게 인사를 했다.

어머니는 방긋 웃으며 손을 흔들어 주었다. 차량은 가평을 향해서 출발했다.

가평에 위치한 펜션은 유명하지 않은 곳이었다.

고풍스러운 독일식 성 모양으로 펜션을 건축했고, 주인 내외는 바로 옆 건물에 거주했다.

모두 여섯 개의 방이 있었고, 각 방마다 주인의 취향이 고스란히 반영이 되어 있었다.

고성 앞에는 열 대 정도 차량이 주차할 수 있는 주차장이 있었고, 고성 뒤로는 북한강이 흘렀다.

대략 200m 떨어져 있지만 운치는 굉장히 좋았다.

눈발이 날려서 그런지 더욱 환상적이었다.

세상이 온통 새하얗다.

강바람이 차지만 운치를 구경하기에는 더할 나위가 없이

좋았다.

고성 바로 뒤편에는 자그마한 운동장이 있었다.

잔디가 깔려 있지만 겨울이어서 그런지 푸른색을 띠지는 않았다.

양쪽의 받침대가 있는 것으로 봐서는 족구를 하기 위해서 설치해 놓은 듯했다.

기동이 말하기를 단합 대회, 기현이 말하기를 MT다.

도수는 단합 대회보다는 MT라는 말이 마음에 들었다.

단합 대회는 어쩐지 조직의 기운을 물씬 풍기는 것 같았다.

기현과 수태, 기동, 기철, 실현, 도수가 함께했다.

기현은 한꺼번에 인원을 뺄 수 없으니 세 번에 나눠서 MT를 가자고 제안했고, 도수는 승낙했다.

선발대로서 소수의 인원인 그들이 먼저 이곳에 도착한 것이다.

여자도 한 명이 껴 있었다.

상당히 추운 날씨임에도 빨간색 가죽 미니 스커트를 입고 있는 여성이었다.

노랗게 염색을 하고 입술에도 빨간색 루즈를 칠했다.

그러나 얼굴은 상당히 동안이었다.

그녀가 바로 기동의 여자 친구인 미자였다.

17살 때 고등학교를 그만두고 연예인이 되겠다며 무작정 서울로 상경을 했다가 몹쓸 놈들에게 걸려 꽤나 고생을 했던 인물이다.

압구정 파가 운영하는 나이트클럽에서 호스티스로 일을 하다가 기동을 만나서 사귀게 된 경우였다.

기동에 의해 일은 그만뒀지만 아직도 연예인을 하겠다고 저러고 다니는 모양이었다.

나이는 22세. 한창 꽃다운 나이였다.

기현과 수태가 한 팀, 기동과 실연이 한 팀을 먹었다. 사람 수가 모자라 기철이 심판을 봤다.

기철의 적응력을 뛰어났다.

처음에는 조직원들과 같이 서 있기만 하더라도 경기를 일으키는 것 같더니, 지금은 꽤나 친하게 지내는 모양이었다.

공부도 열심히 한다.

도수는 그에게 오피스텔을 얻어 주어 남부럽지 않게 공부를 시켰다.

머리도 나쁘지 않은지 한 번 들은 이야기는 어지간해서 잊어버리지도 않았다.

곧 검정고시 시험이지만 그는 자신만만했다.

만에 하나라도 떨어지면 죽을 때까지 똥만 치우면서 살겠다고 단언했다.

그렇기에 도수도 그의 야유회 참석을 허락한 것이다.

족구는 일방적이었다.

기현과 수태의 팀이 압도적인 실력차로 점수를 벌렸다.

기현과 수태는 날렵한 몸으로 네트 위로 공을 뻥뻥 날렸다.

반면, 실연과 기동은 덩치가 너무 컸다. 둘이 함께 서 있으니 반쪽 코트장이 꽉 찬 느낌도 주었다.

물론 덩치가 크다고 해서 운동을 못하는 것은 아니다.

하나 둘의 움직임은 너무 느렸다.

계속해서 헛발질을 한다.

"과장님! 뒤로 가서 받으시라고요! 이거 10만 원 빵인 거 모르세요?"

참다못한 기동은 김실연 과장을 향해서 버럭 소리를 질렀다.

김실연 과장은 어이가 없는 표정을 지었다. 둘의 나이차는 꽤 크다.

당연히 김실연 과장이 선배였다. 비록 경태와 형식, 모필에 가려서 간부로 올라서지 못했지만, 충분히 그런 능력이 있었다.

그리고 이번 압구정 파와의 항쟁을 거쳐서 급격하게 떠오르고 있는 인물이기도 했다.

"야, 이기동! 이 정도면 패스 잘했잖아. 네가 잘 넘겨야지. 개발도 저런 개발이 없다. 니가 무슨 공격수야! 나와, 내가 네트 앞으로 갈게."

"참나, 그러시구려. 한 번 해 보세요."

둘은 자리를 바꿨다.

하지만 결과는 마찬가지였다. 기동과 실연이 다시 투닥투닥거렸다.

그들을 보던 기현은 한숨을 쉬며 돈을 내놓으라고 했다.

기동은 아직 게임이 끝나지 않았으니 절대 내놓지 못한다고 하였다.

본래 20점, 3세트였지만, 기동이 7세트라고 억지로 우긴다.

평소에 말수가 없던 수태마저 어이없는 표정을 지으며 욕을 내뱉었다.

어쩐지 족구는 끝이 날 것 같지가 않았다.

도수는 자리에서 일어났다.

아무래도 저들의 말싸움이 금방 끝날 것 같지가 않았다. 말싸움은 둘째 치고 게임이 언제 끝날지도 알 수가 없었다.

상황으로 봐서는 기동이 10판이건 20판이건 계속해서 끌고 갈 것만 같았다.

가장 곰 같이 생긴 놈이, 가장 악랄하다.

도수는 파카의 모자를 뒤집어쓰고 펜션을 돌았다.

이곳에 도착해서 짐만 풀고 제대로 구경도 하지 못했다.

인터넷에도 나와 있지 않은 곳이었다. 당연히 홈페이지도 없었다.

이곳을 알게 된 것은 여행 블로그의 후기 때문이었다. 주변 경관과 펜션의 사진을 찍어 놓았다.

여행자는 이곳의 주인은 60대 이상의 노인으로서 인심이 굉장히 좋고, 음식은 맛이 있으며, 그다지 바싸지도 않다고 하였다.

각 객실은 테마가 있어 연인들끼리 가 보기에는 안성맞춤이라는 말도 곁들였다.

연인들끼리 와야 할 펜션이라는 말을 듣고 다른 곳을 물색했지만 마침 기현이 그것을 보고 말았다.

그는 와, 회장님, 이곳 딱인데요? 이곳으로 하시죠, 라며 반갑게 웃었다.

도수는 마음대로 해, 라고 말을 하고는 신경을 껐다.

막상 와 보니 나쁘지 않은 곳이었다.

경관도 수려하여 마음이 절로 편해졌다.

더군다나 유정도 온다고 하지 않았던가. 그녀와 함께 눈 내리는 설경을 볼 생각을 하니 마음이 뿌듯해졌다.

도수는 고성의 뒤로 돌아갔다.

고성 뒤로는 상당한 양의 장작이 쌓여 있었다.

고성 1층 로비에 있는 벽난로 안에 들어가는 장작 같았다.

도수의 머리보다 높게 쌓여 있는 것으로 봐서 올해 내내 쓸 땔감인 듯하다.

빡! 빡! 빡!

펜션의 주인인 노인장이 도끼로 나무를 자르고 있었다. 이 추운 겨울날 그는 러닝셔츠만 입고서 도끼질을 했다.

출소를 한 이후 이토록 놀라운 광경은 처음 본다.

처음 노인을 봤을 때 60살이 훨씬 넘은 것으로 보였다. 가운데 머리는 훤했고 남은 양옆의 민머리도 하얗게 쉬었다.

뒷짐을 쥐고 있지만 허리도 약간 굽은 듯했다.

어디서나 볼 수 있는 보통의 노인이었다.

하나, 지금 눈앞에 있는 광경은 보통의 노인이 아니었다.

상의를 탈의한 그의 근력은 30대 젊은이들의 근력이라고 해도 믿을 정도였다. 팔뚝의 근육이 수태나 기현보다도 두꺼워 보였다.

노인이 도끼를 밑으로 내려칠 때마다 근육들이 살아 있는 것처럼 꿈틀꿈틀 움직였다.

땀이 튀어서 눈밭 위로 떨어진다.

놀란 도수는 잠자코 노인을 바라봤다. 노인도 인기척을 느꼈는지 장작 패기를 멈췄다.

"안 추우십니까? 어르신?"

도수가 물었다.

"맨 처음이야 춥지요. 하지만 이것도 운동이라 생각하고 하다 보면 금방 몸이 훈훈해진다오."

"몸이 굉장히 좋습니다. 젊었을 적에 운동을 하셨나 봅니다."

"운동이라. 뭐, 그것도 운동이라면 운동이라 할 수 있겠군. 내가 보기엔 젊은이의 몸도 만만치 않은 것 같구려."

"별거 아닙니다. 어르신에 비해서는 내보일 것도 없습니다."

"한 번 해 보시겠소?"

노인은 도수에게 도끼를 건네주었다.

도끼질은 한 번도 해 본 적이 없는 도수였다. 그는 도끼를 받아서 머리 위로 들어 올린 후 장작을 때렸다.

"윽."

옆을 쳤다. 손바닥이 저릿저릿하다.

"어이쿠, 조심하시오. 잘못하면 거기가 다쳐요."

노인은 즐겁게 웃었다.

도수는 다시 한 번 도끼를 내려찍었다.

빡 소리가 났지만 도끼는 장작의 반도 들어가지 않았다. 다시 손바닥이 저릿하다.

"후후후, 요령이 필요하다오."

"그런 것 같군요."

도수는 입고 있던 두터운 패딩 점퍼를 벗었다.

안에는 몸에 딱 달라붙는 아웃도어를 입고 있었다.

점퍼를 벗자 금방이라도 살아서 움직일 것만 같은 근육들이 아우성을 쳤다.

도수의 몸을 본 노인의 입도 떡하니 벌어졌다.

덩치만 큰 사내인 줄 알았더니 그것이 아닌 것이다.

단순히 근육으로 이뤄진 것이 아니다.

뼈라는 골격 위에 갑옷을 입혀 놓은 것처럼 보였다.

도수는 '흡' 소리와 함께 도끼를 내려찍었다.

도끼는 장작을 그대로 강타했다. 장작은 빠직 소리를 내며 반쪽으로 갈라졌다.

잘라 냈다, 라기보다는 힘으로 쪼갰다가 말이 맞을 것이다.

노인은 벌어진 입을 다물지 못했다.

그가 가장 놀란 것은 힘으로 장작을 가른 것이 아니었다.

아주 간혹 완력이 강한 자들이 장작을 결대로 한 번에 쪼개기도 한다.

하지만 저 덩치 큰 사내는 결대로 쪼갠 것이 아니었다.

옆으로 눕혀져 있던 두꺼운 장작을 말 그대로 반으로 부숴 버린 것이다.

도대체 얼마나 힘이 강하면 이런 일을 아무렇지도 않게 하는 것일까.

"형님! 유정 씨 왔어요. 어디 계세요."

멀리서 기현의 목소리기 들렸다.

도수는 알았어, 라고 대답을 한 후 노인에게 도끼를 건넸다.

그는 생각보다 어렵지 않네요, 라며 노인을 향해 싱긋 웃었다.

노인은 도끼를 받았다.

어렵지 않아? 둘레가 50㎝도 넘는 장작은 결의 반대

방향으로 쪼갰는데?

어이가 없어서 대답을 하지 못했다.

도수는 왔던 길로 돌아갔다.

노인은 도끼를 든 채 한참이나 그곳에 서서 도수가 간 방향을 바라봤다.

그의 옆으로 머리가 허옇게 쉰 중년 여인이 다가왔다. 그녀는 남편을 보고 빙그레 웃었다.

"왜요? 젊었을 적에 당신을 보는 것 같아요?"

"이 할망구가 무슨 소리를 하는 거야."

"에구, 다른 사람은 다 속여도 40년이나 함께 산 나는 못 속이지. 눈동자에서 호승심이 끓고 있구만."

"예끼, 이 사람아. 은퇴한 지가 벌써 몇 년이야. 난 곧 일흔이야, 죽을 날이 얼마 남지 않았다고. 호승심은 무슨."

"후후후, 예나 지금이나 당신은 거짓말이 서툴러요. 이래서 남자들은 늙어 죽을 때까지 철이 들지 않는다고 하나 봐요. 당신의 그런 눈빛 오랜만에 보는데요."

"헛소리 마. 요즘 젊은이들이 얼마나 무서운데."

"그러면서도 한 번 붙고 싶은 것은 아니고요?"

"큰일 날 소리 하지 마."

"후후, 저 젊은이가 누군지 궁금하죠?"

"누군데?"

노인은 고개를 갸웃거리며 물었다.

"민태의 후배래요."

"민태? 민민태? 그 후레자식?"

"후후, 후레자식이라니요. 그 귀여운 아이한테. 저 아이는 민태의 후배이자 후계자인 것 같아요."

"호, 그렇단 말이지. 이것 참."

노인은 허옇게 기른 턱수염을 쓰다듬었다.

흐릿했던 눈동자에서 광채가 떠올랐다가 사라졌다.

"서울에 한 번 전화를 넣어야겠어. 저 아이가 누군지."

"왜요? 호기심이 생기우?"

"조금."

"덩치에 안 맞게 착한 아이 같더라구요. 살기가 가득하지만 본래 그랬던 것 같지는 않아요. 아까 제가 짐을 가지고 내려오는 데 막 달려오더니 어디까지 들면 되요, 라면서 짐을 들더라니까요."

"노인이 무거운 거 들고 있음 그래야 정상이지."

"요즘 젊은이들이 어디 그러우? 대부분 모른 체를 하지. 어쨌든 나쁘지 않은 심성을 가진 아이인 것만은 확실한 것 같아요."

"이것 참, 재미난 놈을 만난 것 같은데. 살기로 온몸을 둘렀지만 심성은 나쁘지 않다라……."

노인은 빙그레 미소를 지었다.

* * *

유민은 한숨을 내쉬었다. 사실 그가 누나를 억지로 쫓아온 이유는 혹여 있을 다른 여자들이 있을까 해서였다.

경찰 대학에서 열심히 뺑이를 치느라 여자 친구를 만들지 못했던 그였다.

곧 발령이 나면 더 큰 뺑이가 기다리고 있었다.

잘못하면 연애 한번 못해 보고 늙어갈 것만 같았다.

큰 키에, 잘생긴 얼굴에, 경찰 대학 출신 엘리트에, 예쁜 기자 누나에, 누구도 부럽지 않은 넉넉한 집안.

누구나 부러워할 만한 스펙이기도 했다.

단 하나 여자 친구만 없다는 것을 빼면.

그렇기에 억지로 누나에게 엉겨 붙었던 것이다.

야한 속옷을 보긴 봤지만, 그것을 써먹을 것이라고는 생각하지 않았다.

20년을 넘게 봐 온 누나다.

그녀가 어떤 성격인지 누구보다도 잘 안다.

외유내강이 아닌 외강내강인 여자였다.

그런 여자가 남자 앞에서 옷을 훌렁훌렁 벗을 것이라고는 상상도 하기 어려웠다.

민희 누나와 같이 간다고 들었다.

민희 누나는 스튜어디스.

제복을 입고 하늘을 나는 스튜어디스는 경찰 대학 동기들에게도 꿈이었다.

혹여 민희 누나의 친구들도 있다면 어떡해서든 전화번호를 받아 낼 생각이었다.

그런데…….

온통 시커먼 남자들뿐이었다.

이 추운 날씨에 족구는 웬 말이란 말인가.

족구를 하고 있던 사내들이 다가오더니 유정에게 90도로 인사를 하고는 유민을 강제로 데리고 갔다. 제대로 된 인사도 하지 않고 말이다.

무슨 짓이냐고 물었더니 머릿수가 맞지 않는다고 한다. 유민은 얼떨결에 3:3 족구를 하고야 말았다.

유민은 딱 한 게임만 하고 빠지기로 마음먹었다.

눈발이 휘날리고 있는 이곳에서 개처럼 뛰고 싶은 생각이 전혀 없었다.

무슨 조직 폭력배 집합소도 아니고 족구를 하는 모든 사내들의 눈빛이 살벌하기 짝이 없었다.

유민과 같은 편을 먹은 두 명의 사내들은 씨름 선수들만큼이나 덩치가 산만하다.

얼마나 욕들을 잘하는지 귀가 썩어 버릴 것만 같았다.

헛발질을 해도 씨발, 네트에 공을 넘기지 못해도 씨발, 서로가 사인이 맞지 않아도 씨발, 공격에 성공해도 씨발, 씨발로 시작해서 씨발로 끝이 난다.

말투도 사투리인지 아닌지 몰라서 묘하게 거슬렸다.

어서 따뜻한 방구석에 들어가 엉덩이를 대고 맥주나 마시면서 쉬고 싶었다.

여자들이 많은 것이라고 지레 짐작을 했던 것을 땅을 치며 후회한다.

이 잡것들은 체력도 좋다.

30분 정도면 끝이 날 것 같던 족구를 자그마치 3시간이나 하고 있었다.

힘들다면서 그만하겠다고 유민이 말했지만 젊은 사람이 체력도 없고, 끈기도 없다면서 속을 뒤집었다.

속에서 뭔가가 욱하고 올라온 유민은 끝까지 족구에 참여했다.

"형수님 동생이라고?"

기동이 열심히 공을 쫓으며 간간히 말을 시켰다.

유민은 고개를 끄덕여야 하나, 말아야 하나 고민을 했다. 이 덩치 큰 사내가 말한 형수님이라는 것이 자신의 누나를 지칭한다는 것을 모를 리가 없었다.

형수님이라니.

어쩐지 기분이 묘했다.

자신의 누나가 누군가의 남자가 된다는 것은 어쩐지……. 굉장히 불쾌했다.

"누나 동생이죠."

"그래, 형수님 동생."

"유정 누나 동생이라고요."

"그러니까 형수님 동생."

대화가 통하지 않는다.

기동이라는 멧돼지를 닮은 놈은 자신이 무슨 말을 하는지 이해를 하지 못하는 듯했다.

"어쨌든 꽤나 어려 보이네. 고등학생은 아닌 것 같고…… 대학생이야?"

"네."

"군대는?"

"갔다 온 셈이죠."

"갔다 왔으면 갔다 온 거지, 갔다 온 셈은 또 뭐람."

"그런 게 있어요."

"졸업하면 뭐할 꺼고? 요즘 졸업반 졸업생들 취업 못해서 난리던데."

"걱정 안 하셔도 됩니다."

"호, 요 새끼, 성깔 있네."

기동은 빙그레 웃으면서 유민의 귓불을 잡아당겼다.

유민은 인상을 와락 쓰며 기동의 손을 쳤다.

"왜 이러세요."

"왜 이러긴 새끼야. 귀여워서 그러제."

"한 번만 더 이러시면 화를 낼 겁니다."

"화? 어이구, 겨우 이런 일로 경찰에 신고라도 하시게요?"

"경찰에 신고를 할 필요도 없죠."

"왜?"

"제가 직접 처리하면 되니까. 아직 발령 전이지만."

"자, 잠깐 발령 전이라니……."

문득 불길한 예감이 드는 기동이었다.

그러고 보니 유민의 모습이 너무 반듯하다. 잘생기고 큰 키 때문에 몰랐었다.

유민에게서 풍기는 아우라는 기동이 가장 싫어하는 느낌이기도 했다.

나 경찰이오, 라고 이마에 써 붙이고 다니는 족속들.

"혹시…… 경찰이세요?"

기동의 말투가 급변했다.

"그런데요."

기동의 움직임이 멈췄다.

수태가 찬 공이 날아와 기동의 면상을 직격했다.

기동은 뒤로 넘어지며 엉덩방아를 찧었다.

이런 제길, 설마 형수님 동생이 경찰일 줄이야. 그냥 순경이겠지. 아직 어리니까 분명 순경일 거야, 라고 기동은 생각했다.

"어디 지구대에요?"

"본청에서 근무하게 될 것 같습니다."

"보, 본청이오? 지, 직위가."

"경위입니다."

이런 제장. 경찰 간부다.

공에 맞은 기동의 코에서 피가 한 방울 흘렀다.

그는 그것을 닦을 생각도 하지 않았다.

멍청하게 뭐하고 서 있어, 라며 기현이 소리쳤다.

기동은 벌떡 일어나 네트를 넘어서 기현에게 뛰어갔다. 그리고 그의 귓속에 뭔가를 속삭였다.

기현은 깜짝 놀란 표정을 지었다.

그는 유민을 슬쩍 바라봤다.

그 역시 유정의 동생이 경찰인지 생각도 못했다.

조직 폭력배의 회장과 경찰간부 처남이라…….

말도 안 되는 조합이었다.

있어서도 안 되고, 있을 수도 없다. 잘못하다가는 양쪽 모두 패가망신한다.

"어쩌죠, 행님?"

기동인 조심스럽게 물었다.

"큰 형님은 이 사실을 알고 계시냐?"

"그건 잘 모르겠는디요."

"하아, 어쩔 수가 없다. 일단 우리가 신사동 파인 것을 절대 들켜서는 안 된다. 최대한 저 자식의 비위를 맞춰 줘라."

"아놔, MT까지 와서 짭새 비위나 맞춰 줘야 하다니."

"일단 시키는 대로 해. 오늘만 무사히 넘기자. 큰 형님께는 내가 따로 말을 하겠다."

"알겠서라."

기동은 뒤통수를 긁적였다.

기현은 수태에게 유민이 경찰이라는 것을 말했고, 기동은 실연에게 말했다.

모두가 깜짝 놀란 표정이었다.

유민은 희한한 느낌이 들었다.

거칠기만 하던 누나의 친구들이 갑자기 친절해진 것이다.

자신의 눈치를 보는 듯하기도 했다. 왜 저런지 알 수는 없었다.

기동에게 공이 날아왔다.

그는 마이볼을 외친 후 자연스럽게 유민에게 건네주었다.

기동은 어서 차세요, 라는 눈빛을 보냈다.

계속해서 공은 유민에게로 넘어왔다.

거의 모든 공격은 유민이 도맡아서 하게 되었다.

더욱 가관인 것은 상대편 수비였다.

기철이라는 사내는 어이쿠, 이렇게 빠른 공을 어찌 잡아요, 라며 몸을 던졌다. 하도 액션이 커서 유민은 웃음이 터지고 말았다.

유민이 웃자 다른 사내들도 덩달아 웃는다.

실현이 옆으로 다가와서 엄지손가락을 내밀었다.

"정말 대단하구만. 족구에 월드컵이 있었으면 자네는 국가대표가 됐을 거야. 너무 멋진 공격이었네."

말이 되나.

유민은 뒷머리를 긁적거렸다.

저녁을 준비하고 있던 유정과 민희는 애들 장난 같은 족구를 보며 실소를 지었다.

"도대체 저 사람들은 왜 저런데."

유정의 말에 민희는 한숨을 쉬웠다.

족구를 하는 사람들 중에는 그녀의 남편인 기현도 끼어 있었다.

8.

그들의 정체

CITY OF
WILD BEASTS

저녁은 군침이 돌만큼 화려했다.

화로 위에서는 목살과 삼겹살, 조개와 소시지가 한꺼번에 지글지글 익고 있었다. 기현은 목살 위에 굵은 소금을 살살 뿌렸다. 고기 굽는 냄새가 사방으로 풍겼다.

모든 인원들이 자신도 모르게 침을 꼴깍 삼켰다.

"자, 모두 드십시오. 맛있는 고기가 나왔습니다."

기현은 구운 고기를 두 개의 접시에 나눠 담아서 탁자에 올려놓았다.

모두가 한 젓가락씩 목살을 집어서 입안으로 가져갔다.

향긋한 육즙이 입안 가득히 흘러나왔다.

그 맛은 집에서 먹는 것과 달랐고, 고깃집에서 사 먹는 것과도 달랐다.

일품이다.

"자, 모두 잔을 듭시다."

신이 난 기동이 소주를 가득 부운 종이컵을 들었다.

다른 사람들도 잔을 들었다.

"큰 형님, 한마디하시죠."

"음."

자리에 앉아 있던 도수는 멋쩍은 표정을 지었다.

사내들만 있을 때는 괜찮았지만, 유정과 민희, 미자까지 있으니 어쩐지 낯선 기분이 들었다.

"그래요. 큰 형님, 덕담 한마디하시죠."

기현도 부추겼다.

이제 겨우 삼십대 중반인데, 사람들 앞에서 덕담이라…….

뭔가 대칭이 어긋난 것 같았다.

보통 덕담이라 하면 인생을 오래 산 어르신들이 하는 것이 아니던가.

도수는 자리에서 일어났다.

모두가 초롱초롱하게 눈빛을 빛내며 자신만을 바라보고 있기에 가만히 앉아 있을 수만은 없었다.

특히, 눈에서 하트를 뿜어 대고 있는 유정의 눈길을 외면할 수가 없었다.

"흠흠."

도수는 헛기침을 했다.

"올해는 모두 별 탈 없이, 행복하기를 바란다. 건배."

"건배!"

그들은 잔을 부딪쳤다.

조금씩 흩날리는 눈과, 차가운 바람이 불었지만, 소주는 전혀 쓰지 않았다.

오히려 달콤하다는 느낌까지 받았다.

기동과 기철은 유민의 옆에 붙어서 알 수 없는 대화를 이어갔다.

유민이 말을 할 때마다 그들은 낯이 뜨거워질 정도로 감탄사를 내뱉었다.

그러면서 경위님, 한 잔 더 드세요, 라며 술을 따라 주었다.

누가 봐도 아부.

이상함을 느낀 도수가 기현에게 물었다.

"쟤들 왜 저래?"

"아, 형님. 아까 말씀 드린다고 하고 깜빡했네요. 형님도 모르셨을 겁니다."

"뭐가?"

"유정 씨 동생이 경찰이랍니다."

기현은 목소리를 낮춰서 말했다.

"그런데?"

도수는 그게 어때서, 라는 표정으로 기현을 바라봤다.

"알고 계셨습니까?"

"그래. 알고 있었다."

"어, 언제부터요?"

"유정이에게 들었다. 물론 내가 회장직을 맡기 전이지만."

"하아, 그렇군요. 그런데 괜찮으시겠습니까?"

유정과의 관계 그리고 유민과의 관계를 묻는 것이다.

유정은 도수를 사랑한다. 유정이 도수에게 해를 끼칠 일은 없다고 기현은 여겼다.

그러나 유민은 아니었다.

그는 유정의 피붙이지 도수의 피붙이가 아니었다.

유정이 조직 폭력배를 사랑하게 됐다면 어떤 표정을 지을까.

아니 과연 그가 용납을 할 수가 있을까.

장담하건데 유민은 도수를 절대로 용서하지 않을 것이다.

그는 경찰 대학 출신 엘리트다.

10년 안에 꽤나 높은 지위까지 올라갈 가능성이 높았다. 그런 그가 도수를 자신의 가족으로 받아들일 수가 있을까.

어림도 없는 소리였다.

"나도 잘 모르겠다."

도수는 고개를 저었다.

어떤 방도가 있는 것이 아니었다.

자신의 미래가 밝다고도 할 수가 없었다.

유정으로 인해서 미래에 대해 꿈을 꾸게 됐지만, 반드시 실현되리라는 보장이 없었다.

아니, 실현되지 않을 가능성이 훨씬 높았다.

비록 강남 2대 조직 중에 하나인 신사동 파의 회장이라고 하지만, 그의 적은 훨씬 강하고 거대했다.

"유정 씨야 그렇다고 치지만. 걱정이 됩니다."

"조금 기다려 보자. 걱정이 너무 지나칠 수도 있다."

"후, 알겠습니다. 하지만 만에 하나를 대비하지 않을 수가 없습니다. 유민이가 저희의 정체를 알게 되면 어찌 행동을 해야 할까요?"

"우리가 그의 마음을 마음대로 할 수 있는 것은 아니지. 우리가 선택을 강요하게 할 수도 없고. 기다려 보자."

기현은 고개를 끄덕였다.

도수의 말대로 그들이 할 수 있는 것은 없었다.

대비는 할 수 있을지 몰라도 막을 수도 없었다.

유정과 도수가 연인 관계로 있는 이상 유민이 모든 사실을 아는 것은 시간문제였다.

그럼에도 도수는 순리대로 놔두자고 한다.

기현은 도수의 뜻을 따르기로 했다.

분위기는 즐거웠다.

서로 간의 스타일이 너무 달라 말을 붙이기가 어색했던 미자와 유정, 민희는 금방 친해졌다.

미자는 유정과 민희에게 찰싹 달라붙어 언니, 언니 부르며 애교를 부렸다.

겉모습과는 다르게 싹싹한 모습을 보이자 유정과 민희도 그녀에게 마음을 열었다.

친해지자 별의별 얘기가 다 오간다.

세상사는 일과 자신이 하는 일, 하고 싶은 일, 그것이 얼마나 힘든지 서로가 성토했다.

그리고 마지막에는 각각의 남자 친구들을 욕한다.

욕을 하면서도 감싸는 해괴한 어법이었다.

유민도 어느 정도 기분이 풀렸다.

처음에는 이들이 험상 굳고 성격이 좋지 않은 자들이라 여겼지만, 막상 친해지고 나니 그렇지도 않았다.

유민은 그들에게 형님 소리를 했고, 기현과 동생들도 유민에게 아주 좋은 동생을 뒀다면서 반겼다.

물론 약간의 사심이 들어간 것은 어쩔 수가 없었다.

멀리서 술에 취한 사내들이 다가왔다.

그들이 있는 펜션은 마을과 동떨어진 곳이 아니다.

멀지 않은 곳에 다른 펜션도 있었고, 100m만 걸어가면 편의점도 있었기에 물건을 사기에 불편한 점도 없었다.

대신 지금처럼 술 취한 사람들이 종종 지나다녔다.

한데 그들은 도수와 일행들이 있는 곳을 향해서 곧장 걸어왔다.

펜션 안으로 들어선다. 누가 봐도 그들에게 오고 있음을 짐작할 수 있었다.

사내들은 모두 다섯 명이었다. 머리는 짧고 눈매가 살벌했다.

파카를 입었지만, 안쪽에는 몸매가 드러나는 짧은 반팔 티셔츠를 입었다.

티셔츠 위로 문신이 그대로 드러났다.

팔자 걸음걸이에 담배를 입에 물고 있다.

걷다가 바닥을 향해서 카악 소리를 내며 침을 뱉었다.

전형적인 불량배들이었다.

고등학생으로 보이지는 않았다. 대략 20대 초반에서 중반으로 보였다.

자칭 조직 폭력배지만 계보가 있는 것은 아니었다.

동네 양아치들끼리 모여서 폭력 서클을 결성한 토착 불량배들이었다.

그들은 곧장 도수와 일행들이 있는 곳으로 다가오더니 '어이구, 재미들이 좋으시네.' 라며 시비를 걸었다.

모두의 얼굴이 급격하게 굳어졌다.

"저놈들이 또 술 처먹고 와서 행패네. 이 자식들, 내가 그렇게 하지 말라고 말을 했건만."

본관 2층 건물에서 TV를 보고 있던 노인이 소란스러움에 의아함을 느끼고 일어나 창문으로 걸어갔다.

창문 밖을 보자 많이 봤던 사내들이 나타나 손님들에게 시비를 걸고 있었다.

손님들이라고는 하지만 흥미를 느끼게 한 사내들.

갑자기 짜증이 솟구쳤다.

노인은 시비가 붙은 곳을 향해서 밖으로 나가려고 했다.

그러자 아내가 그를 붙잡았다.

"왜?"

"영감, 저 아이한테 흥미가 있는 것 아니었수?"

아내는 재미있다는 표정을 지으며 노인에게 물었다.

"그런데?"

"어떻게 해결하나 봅시다."

"저 아이가 다치면 어쩌려고?"

"그럴지도 모르지만 그건 저 아이의 팔자 아니겠수. 어떤 식으로 넘기나 구경 한 번 합시다. 분위기가 너무 험악해지면 그때 가서 말려도 되지 않겠수."

"참나, 할망구가 저 아이에게 더 큰 흥미를 느끼고 있는 것 같구만."

"호호, 아니라고는 못하겠네요. 오랜만에 보는 재미있는 존재잖아요."

"하긴, 그래 한 번 지켜봅시다."

두 노인은 의자를 창문가에 가지고 와서 앉았다.

끓인 차도 들었다.

그들은 흥미로운 표정으로 창밖에 있는 도수를 바라봤다.

기현은 눈살을 찌푸렸다.

어딜 가나 꼭 이런 놈들이 있다.

머리에 든 것도 없고, 학벌도 낮으며, 할 줄 아는 것이라고는 다른 사람들을 협박해서 돈이나 뜯어내는 재주뿐이다.

나쁜 쪽으로만 머리가 돌아가서 차량을 이용한 보험 사기나, 보호비 명목으로 동네 소규모 상점들을 협박해서 돈을 뜯어내는 것을 주로 한다.

지금은 술에 취해서 괜한 시비를 걸 뿐이었다.

기현은 유정과 민희를 쳐다보고는 고개를 돌려 도수를 바라봤다.

도수의 표정도 언짢았다. 기현이 불량배들에게 다가갔다.

"뭐죠?"

당연하지만 부드럽게 말이 나오지 않았다.

"뭐긴, 같이 술이나 한잔하자고 찾아왔수다. 와, 예쁜 아가씨들도 있네. 이 동네는 우리가 잘 아니까 같이 한잔합시다."

그들은 말도 없이 탁자 옆으로 다가와 종이컵을 들고 술을 부었다.

어이가 없었다.

"우리는 그럴 생각이 없으니 그냥 가시죠."

"우리는 그럴 생각이 있다니까. 그러네."

나이도 어린놈들이 반말을 틱틱 내뱉는다.

평상시의 성격대로라면 바로 놈들의 머리채를 잡고 어디론가 끌고 가서 버릇을 고쳐 놓았겠지만 지금은 그럴 수가 없었다.

유정과 민희가 자신들의 정체를 안다고 하지만, 그녀들의 앞에서 폭력을 행사하고 싶은 마음은 없었다.

도수도 그럴 것이다.

더군다나 유정의 동생인 유민도 있었다.

그가 자신들의 정체를 이곳에서 알아차리는 것만은 피하고 싶었다.

수태와 기동, 실현은 도수의 명령만 떨어지면 당장이라도 불량배들과 한판을 벌일 기세다.

"아가씨들, 서울에서 오셨나? 한잔합시다."

한 사내가 유정과 민희 사이로 끼어들었다. 그는 한쪽 팔을 들어서 유정의 어깨의 노골적으로 손을 얹었다.

다른 손으로는 종이컵을 들어 건배를 종용했다.

유정은 어깨를 뒤로 젖혔다. 사내의 입에서 마늘 냄새가 심하게 풍겼다.

"이거 놔요."

"에이, 아가씨, 그러지 말고 같이 한잔하자니까."

그는 유정의 어깨를 더욱 힘 있게 잡아서 자신 쪽으로 끌어당겼다.

유정은 앞에 놓여 있던 술잔을 들어서 그의 얼굴에 부었다. 차가운 맥주가 그의 얼굴에 맞아서 탁자 위로 뚝뚝 떨어졌다.

사내의 얼굴이 찡그러졌다.

그는 유정의 어깨에서 손을 놓고 얼굴을 닦았다.

"니미, 내가 뭐라도 했어? 왜 얼굴에 술을 붓고 지랄이야, 지랄은."

사내의 입에서 거칠 욕설이 튀어나왔다.

그러고 손을 뻗어 유정의 멱살을 잡았다. 당장이라도 폭력을 행사할 것만 같았다.

유정은 비명을 지르지 않았다. 사내의 눈을 똑바로 쳐다봤다.

"좋은 말할 때 이거 놔."

"이년 봐라?"

사내는 코웃음을 쳤다.

감히 이 동네에서 자신에게 덤비는 미친년이 다 있네, 라는 표정이었다. 다른 손이 유정의 턱을 잡았다. 아니, 잡으려고 했다.

어느새 도수가 다가와 그의 팔목을 잡아챘다.

"이 손 놓지."

도수의 음성에서 은은한 노기가 느껴졌다.

"이 새끼는 또 뭐야!"

사내는 도수의 얼굴에 주먹을 휘둘렀다.

그의 주먹은 도수의 얼굴에 정확하게 꽂혔다.

보통은 여기서 팔목을 놓고 피하거나, 맞은 얼굴을 잡고서 뒤로 물러난다. 사내의 경험으로는 그랬다.

하나 도수는 움직이지 않았다.

빡!

소리가 낮음에도 도수는 꿈쩍도 하지 않는다.

오히려 주먹을 날린 사내의 얼굴이 찡그려졌다. 장갑도 끼지 않고 있던 손이다.

영하 10도에 가까운 날씨는 손을 얼어 있었다.

그 손으로 도수에게 주먹을 날렸으니 굉장한 고통이 뒤따랐다.

잘못 때렸는지 사내의 새끼손가락은 살짝 옆으로 휘어 있었다. 금방 벌겋게 부풀어 올랐다.

하지만 사내에게는 삔 손가락보다 잡힌 팔목에서 더욱 큰 고통을 느꼈다.

우드드득—

분명 뭔가가 부러지는 소리가 났다.

"으아아아아악!"

사내가 무릎을 꿇었다.

도수는 그의 팔목을 꺾지 않았다. 손톱으로 짓누르지도 않았다.

단순히 힘을 줬을 뿐이었다. 그럼에도 사내의 팔목을 피가 통하지 않는 것처럼 퍼렇게 변색되어 갔다.

"야, 이 개새끼야. 그 손 놔!"

사내의 친구들이 이 추운 날씨의 점퍼를 벗었다.

모두가 반팔 V넥을 입고 있었다.

팔에는 손등을 제외하고는 모두 문신으로 뒤덮였다.

문신을 보여 줌으로써 협박을 하는 모양이었다.

평범한 사람들은 그들의 문신을 보고 지레 겁을 먹었을지도 모른다.

하지만 그들은 사람 잘못 봤다.

이곳에서 사내들의 문신을 보고 겁을 먹는 사람은 이곳에서 아무도 없었다.

검정고시를 준비 중인 기철조차도 문신을 보고 겁을 먹지는 않는다.

"이 씨발놈들이 우리가 누군지 알고."

사내들은 고개를 좌우로 흔들면서 도수에게 다가갔다. 도수는 입술을 뒤틀었다.

"너희들이 누군데."

"씨발놈아. 딱 보면 몰라."

"우리가 알아야 되나? 굳이 우리가 알 필요가 없으면 여기서 꺼져 줬으면 하는데. 안 그럼 이 자식의 팔목은 영원히 못 쓰게 될 거야."

도수는 사내의 팔목에 좀 더 힘을 주었다. 그의 팔목 아래 부분이 풍선처럼 부풀어 올라 터질 것처럼 보였다.

"으아아악. 이 씨발놈 죽었어. 아악, 아파."

사내는 도수에게서 벗어나기 위해 몸을 뒤틀었다. 그러나 꼼짝도 할 수가 없었다. 올가미에 걸린 것처럼 더욱 팔목이 아파 올 뿐이었다.

"욕 좀 그만하지."

도수는 엄지손가락으로 팔목을 지그시 눌렀다. 살점이 밀려 올라가며 뜯어지는 소리가 난다. 얼마나 누르는 힘이 강한지 혈관들이 툭툭 뛰어나왔다.

"아, 알았어. 그 친구를 놔 줘. 가면 될 거 아니야!"

사내의 친구가 버럭 소리를 질렀다. 그는 분위기가 이상하다는 것을 느꼈다. 술이 취했지만 그 정도도 느끼지 못할 바보는 아닌 모양이었다.

가까이서 보니 이곳에 있던 사내들 모두 분위기가 이상했다. 씨름 선수처럼 덩치가 큰 사내도 두 명이나 있었다. 눈매는 날카롭고 자신들의 문신을 봐도 전혀 동요가 없었다.

도수는 팔목을 놨다.

사내는 팔목을 잡고 비틀거리며 뒤로 물러났다.

도수를 보는 눈빛이 사나웠다.

당장이라도 덤빌 것처럼 보이지만 행동으로 옮기지는 않았다.

"씨발, 너희들 두고 보자."

사내는 팔목을 잡고서 등을 돌렸다. 그의 친구들도 마찬가지였다.

"영화를 보면 악당들은 꼭 저런 소리를 하더라구. 나중에 두고 보자."

기철이 물러나는 사내들의 등을 향해서 말했다.

일부러 들으라고 한 소리였다.

그들은 움찔거렸지만 다시 등을 돌려서 시비를 걸지는 않았다.

팔목 근육이 파열이 됐을 것이다. 어서 병원에 가지 않으면 꽤나 고생을 한다.

그들도 그것을 알았는지 씨근씨근 화를 억누르며 물러날 수밖에 없었다.

유민이 놀란 표정으로 유정의 곁으로 다가가 말을 시켰다.

"와, 저번에도 그랬지만 매형의 박력은 상상을 초월해."

"그렇지?"

유정은 어깨를 으쓱거렸다. 그녀가 관여하지는 않았지만 어쩐지 우쭐해지는 기분이었다.

"언제 겨루기 한번 해 보고 싶은데."

"아서라. 다친다."

"뭐야, 벌써부터 매형 편을 드는 거야?"

"좀 앞서 가지 마라. 매형은 무슨. 다 너를 생각해서 하는 소리다."

"이렇게 보여도 겨루기에서 나를 이길 수 있는 사람은 별로 없다고."

"제대로 된 상대를 못 만났나 보지."

"정말 이럴 거야?"

"내가 뭘?"

"난 친동생이라고. 매형 편만 들지 말라고."

"현실을 직시해서 말을 해 준 것뿐이야. 행여라도 술 먹고 오빠한테 덤비지 마. 혼쭐난다."

"칫, 내 친누나 맞아?"

유민은 입술을 삐죽거렸다.

그는 고개를 돌려 도수의 옆모습을 바라봤다. 이제껏 살면서 이토록 압도적인 박력을 내보이는 사람은 한 번도 본 적이 없었다. 어쩐지 호승심이 생겨나는 것은 어쩔 수가 없었다.

"호!"

"대단하네요."

창밖을 바라보던 두 노인이 감탄사를 내뱉었다.

머리를 쓸 것인가, 주먹질을 할 것인가, 그것도 아니면 기상천외한 방법을 쓸 것인가, 궁금했던 그들이었다.

도수는 힘을 썼다.

그러나 주먹을 쓰지 않았다.

단순히 풍기는 기운만으로 불량배들을 물러나게 만들었다.

이런 기운을 가진 사람은 좀처럼 만나기 힘들었다. 과거로 치면 장군의 기운을 가졌다고 할까.

"항우의 기운을 가졌구만."

노인이 말했다.

"그러네요. 사람들이 알아서 고개를 숙이겠어요. 타고난 우두머리의 자질을 가졌네요."

"맞아. 오래 살다 보니 굉장한 물건을 만났구만."

"그래도 항우보다는 유방이죠. 항우는 유방한테 무릎을

꿇었잖아요."

"예끼 이 사람아. 남자의 로망은 항우여."

"천하를 지배한 것은 유방이죠."

"허참. 이 할망구가 한마디도 지지 않네그려."

"그냥 있던 일을 얘기하는 것뿐이네요."

"그나저나 한 번 지켜보고 싶은 청년이네. 저런 청년이 불쑥 어디서 나타났누."

"그러게요. 당신이 은퇴를 할 때까지 저런 아이는 전혀 보이지도 않았는데."

"어쩐지 지각변동이 올 것 같은데……."

"동감이네요."

두 노인은 무엇이 그리도 즐거운지 싱글싱글 끊임없이 미소를 지었다.

* * *

"하악, 하악."

경태는 칼을 들고 크게 숨을 들이셨다.

주변에 남은 사람은 없었다.

신음 소리만이 들린다.

여기가 사선이다.

그도 그것을 안다. 돌아갈 곳은 없었다.

그가 데리고 온 12명의 동생들. 모두가 피에 젖어서 쓰러져 있었다.

경태에게는 그들조차 챙길 힘도, 여유도 남아 있지 않았다.

몇몇의 동생들이 기를 쓰고 일어나는 것이 보였다.

그렇다고 하더라도 겨우 서너 명뿐이었다. 이 숫자로 놈들을 당해 낼 수는 없었다.

"형님, 이건 또 뭔가요. 제 뒤통수를 치다니요."

누군가 어둠 속에서 모습을 드러냈다. 사내는 고급 정장을 입고서 비릿하고 웃고 있었다.

"개새끼, 너 때문이야. 너 때문에 모든 것이 망가졌어."

"웃기는 개소리. 당신이 처음부터 우리를 원하지 않았던가요."

바람이 분다. 바람이 부는 대로 천장에 달린 조명들이 흔들렸다.

눈앞에 염민혁이가 있었다.

경태는 사력을 다해서 그를 찾았다.

그를 찾지 않으면 자신의 목숨이 얼마 남지 않다는 것을 느끼고 있었다. 그를 찾아야만 자신이 산다.

그를 찾은 것은 어렵지 않았다.

수원에 한 나이트클럽에 있다는 것.

그를 잡기만 하면 도수에게 용서를 받을 수가 있다. 그 무서운 도수에게.

그렇기에 사력을 다해서 찾고 12명이나 되는 동생들을

데리고 와서 염민혁이를 쳤다.

쳤지만 그것이 함정일 줄이야…….

동생들이 모두 쓰러졌다.

피를 흘리고 있다.

팔다리의 근육들이 끊긴 애들도 보인다.

몇 명이나 살아남을까…… 아마도 없을 것이다.

"후후, 그래, 난 버림받았다. 그래서 발버둥을 치고 있지. 네놈의 목을 잘라서 회장님 앞에 가져다 놓겠다."

"회장님, 회장님. 출신도 모르는 개새끼라고 욕을 할 때가 엊그제 같은데."

염민혁이가 경태를 비웃었다.

"그러니 말고 다시 한 번 힘을 합칩시다. 당신도, 나도 끈 떨어진 연 아니오. 내가 세력을 모을 테니 당신은 도수라는 인간을 이쪽으로 유인해 보는 것 어때요."

그는 달콤한 말로 경태에게 속삭였다.

그의 말을 듣고 있자니 금방이라도 넘어갈 것 같은 유혹을 느꼈다.

"잘 생각해 보시오. 여기서 죽는 것보다 훨씬 낫지 않겠소? 나는 수원 세력을 등에 업고 다시 한 번 서울로 진출할 거요. 이번에는 아무도 모르게 기습적으로 도수의 목을 칠 것이란 말이오. 물론 놈은 만만치 않지. 그러니 당신이 필요하오. 당신이 그를 유인해서 아무도 도와줄 수 없는 곳으로 데리고 오기만 하면 된다 이겁니다. 그럼 적절한 보상을 약속하지."

"적절한 보상?"

경태는 다시 염민혁이에게 넘어가고 말았다.

자신은 죽어도 된다, 하지만 동생들은 살려야 하지 않겠는가, 라며 자신을 다독인다.

그의 마음속에 남아 있는 한 줌의 욕망이 피어오르고 있다는 것을 애써 외면한다.

"그래요. 음, 신사동 파를 형님이 관리하도록 하면 될까요? 물론 저에게 매달 상납금은 받쳐야 할 겁니다."

"얼마나?"

"20퍼센트는 돼야죠."

총 매출의 20퍼센트라면 엄청난 액수다.

하나 도수와 기태를 무너트리고 신사동 파의 손에 넣을 수만 있다면 그리 크지 않는 액수라고도 할 수가 있었다.

경태가 서서 숨을 고르고 있는 동생들을 바라봤다.

그들의 눈빛이 간절하다. 어서 염민혁이에 제안을 받아들이라고 한다. 모두가 여기서 죽고 싶은 생각은 없으니까.

"좋아. 약속은 지켜라."

"잘 생각했수다. 여기서 뼈를 묻는 것보다 훨씬 낫지. 대신 형님께서 우리 애들 좀 안내해 주셔야겠소."

"안내?"

"그래요. 도수라는 애송이의 팔과 다리를 잘라야 하지 않겠소."

염민혁이는 으스스한 눈빛을 빛내며 미소를 지었다. 경태는 그런 염민혁이를 보며 고개를 끄덕였다.

모필과 그를 보좌하는 두 명의 동생들이 한강 둔치에 나와 있었다.

늦은 시간이라 그런지 아니면 추운 날씨라 그런지 사람들은 거의 보이지 않았다.

여름이라면 늦은 시간임에도 자전거를 타는 사람들이 꽤 있었을 텐데 지금은 강아지 한 마리 지나다니지 않았다.

"형님, 그런데 경태 형님이 왜 보자고 했습니까?"

모필의 오른팔 격이라 할 수 있는 소을이 물었다.

중간 보스치고 성격이 유약한 편인 모필이지만, 그가 그 자리에 오를 수 있었던 이유 중에 하나가 바로 소을의 헌신적인 뒷받침 덕분이기도 했다.

그는 모필이 경태를 만난다는 것에 심한 불안을 느꼈다.

도수가 그들에게 어떤 식으로 금제를 가했는지 그도 잘 알고 있었다.

만약에 다시 한 번 뒤에서 꿍꿍이를 부린다면 이번에는 살아남지 못할 것이다.

특히 경태는 요주의 인물이었다.

도수가 경태에게 준 시간은 매우 짧았다.

눈썹이 휘날리게 뛰어다녀도 모라랄 판이었다.

그를 잡지 못한다면 경태는 콘크리트에 파묻혀 인천 앞바다에 버려질 가능성이 매우 높았다. 그런 경태와 만난다는 것은 굉장히 위험한 일이었다.

"경태 형님이 급하게 할 말이 있다고 해서 말이지."

모필은 아무렇지도 않다는 듯이 주머니에서 담배를 꺼내 입에 물었다.

소을은 주머니에서 라이터를 꺼내 한 손으로 차가운 밤바람을 막고는 불을 붙여 주었다.

"하지만 형님, 경태 형님하고 만나는 것은 자제를 해야 하는 것 아닙니까. 이러다가 회장님이 아시기라고 하면 어쩌려고 이러십니까."

"니미, 알긴 뭘 알아. 그리고 회장님께서는 분명 우리를 용서하셨다고. 경태 형님도 염민혁이를 잡아오면 용서를 받을 거야."

갑자기 답답함이 밀려오는 소을이었다. 그는 다시 말했다.

"용서를 받다니요. 그게 무슨 소립니까. 저희는 회장님께 용서를 받은 것이 아닙니다. 총알받이가 됐다고요."

"처음에는 나도 그렇게 생각했지. 그런데 말이야…… 곰곰이 생각해 보니 꼭 그런 것도 아니야."

"무슨 말씀이신지."

"자, 봐봐. 경태 형님하고 형식이 형님하고 나하고 없으면 신사동 파가 제대로 돌아갈 것 같아? 어림도 없는 소리지. 그래서 우리에게 기회를 준 거야. 우리가 앞장서서 싸워 봐라. 그럼 용서하겠다. 경태 형님도 마찬가지고."

소을은 고개를 가로저었다.

아무리 생각해도 그것은 아니었다.

도대체 무슨 생각으로 저런 공상을 떠올렸는지 등골이 오싹하기까지 했다.

"아닙니다. 형님, 잘 생각해 보세요. 잘못하면 저희도 다 죽습니다. 회장님이 그렇게 너그러운 분으로 보이십니까."

"무섭지. 아주 무서운 분이지. 하지만 아직 어려. 어린 만큼 우리에게 기대려고 할 거야."

착각이 대단하다.

"형님, 부탁입니다. 제발 경태 형님 만나지 마십시오. 만에 하나 이것이 회장님이나 기현의 귀에 들어간다면 저희는 살아남지 못합니다."

"걱정도 팔자다. 그런 일 없어."

모필은 소을의 말을 무시했다.

그는 가끔 소을이 너무 주제넘게 나선다고 생각했다.

그의 공로는 인정하지만, 자신이 두목처럼 행사하는 것을 보면 가끔 짜증이 올라왔다.

지금도 마찬가지였다.

모필은 경태와 10년 지기였다.

10년 동안 사귀면서 서로의 속마음까지도 터놓을 수 있는 사이라고 여겼다.

지금이야 약간의 불편함이 있기는 했지만 10년간 쌓아온 신뢰는 무너지지 않는다고 생각했다.

그렇기에 경태를 못 만나게 하는 소을이 못내 못마땅한 것이다.

부르르릉──

두 대의 승용차와 2대의 승합차가 모필과 소을이 서 있는 곳으로 다가왔다.

네 대의 차량은 그들이 서 있는 곳 5m 앞까지 와서 섰다.

라이트를 끄지 않아 너무 눈이 부셨다. 모필과 소을은 손을 들어 빛을 막았다.

차량에서 검은 정장에 코트를 입은 사내들이 우르르 내렸다. 족히 스무 명은 되어 보였다.

모필은 고개를 갸웃거렸다.

그가 알기로 경태의 곁에는 이만큼이나 많은 동생들이 남아 있지 않았다.

"모필아."

경태가 팔을 벌리며 다가왔다.

"형님."

모필도 팔을 벌리며 다가갔다.

둘은 깊게 포옹을 했다.

경태는 장갑을 낀 손으로 모필의 등을 툭툭 쳐 주었다.

"형님, 얼굴이 많이 상하셨습니다. 괜찮습니까?"

모필은 걱정스럽다는 투로 경태에게 말했다.

"나? 나야. 괜찮지. 그러는 너는 어떠냐?"

"저도 괜찮습니다."

"그날 내가 나가고 난 후 애송이가 무슨 말을 하더냐?"

"애송이요?"

"그래. 그 씹어 먹어도 분이 풀리지 않는 애송이."

경태가 누구를 얘기하는지 떠올랐다. 가슴이 덜컥 내려앉은 모필은 주변을 살폈다.

"괜찮아. 모두 내 동생들이다."

"밤말은 쥐가 듣는 법입니다. 아무리 회장님이 꼴 보기 싫어도 그런 식으로 말하면 큰일이 납니다."

"괜찮다니까. 놈은 이번 주 안에 목이 달아날 테니까."

"그, 그게 또 무슨."

"만나자고 한 것은 별게 아니다. 잠깐 이리 와. 둘이서 얘기 좀 하자."

경태는 모필을 데리고 가서 얘기를 나눴다.

모필의 얼굴색이 점차 퍼렇게 변해 갔다.

그는 몇 번이나 고개를 흔들었지만 경태의 끝까지 물고 늘어졌다.

"하, 하지만. 형님, 정말로 죽을지도 모릅니다."

"겁을 먹었나, 동생?"

"네. 솔직히 겁이 납니다. 형님도 보셨지 않습니까. 민태 형님보다 더 무섭습니다."

"허허, 참. 우리 동생이 이토록 겁이 많았다니."

경태는 너털웃음을 터트렸다.

그들의 이야기를 가만히 듣고 있던 소을이 끼어들었다.

평상시라면 들리지 않을 거리지만 지금은 너무도 조용했기에 둘의 소곤거리는 대화 내용이 무엇인지 알아차릴 수가 있었다.

"형님, 절대 안 됩니다. 허락하시면 안 됩니다. 저희 동생들을 모두 죽일 생각입니까."

소을은 하늘이 무너지고 있다는 것을 느꼈다.

처음부터 모필이 이곳에 나오는 것을 막았어야 했다.

며칠 전 둘의 만남을 차단했어도 이런 일은 벌어지지 않았을 것이다.

너무 안일했다.

하지만 이미 벌어진 일이었다. 벌어진 일이라면 어떡하든 막아야 했다.

모필이 경태에게 다시 가담하는 순간 이곳에 있는 자들은 한 명도 살아남지 못할지도 몰랐다.

경태는 소을을 보며 인상을 찡그렸다.

"너는 아직도 저 파리 같은 새끼를 옆에 끼고 다니냐. 이제는 바꿀 때도 되지 않았냐?"

경태가 모필에게 물었다.

"그, 그게. 저만큼 유능한 동생도 없고……."

모필은 말끝을 흐렸다.

그는 지금 가슴이 심하게 뛰어서 진정이 되지 않고 있었다.

설마 그의 입에서 다시 한 번 도수를 치자는 말이 나올지는 상상도 못했다.

그가 만나자고 한 이유는 염진혁이 숨은 곳을 알았으니 같이 잡자고 할 줄 알았다.

하지만 경태의 입에서는 모필이 상상조차 하기 두려운 말이 거침없이 떠벌리고 있었다.

"저런 후레자식보다는 내가 훨씬 괜찮은 동생을 소개시켜 주지."

"그, 그게 무슨 말씀인지……."

경태가 누군가에게 눈짓을 했다.

한 건장한 사내가 품 안에서 장도리를 꺼내 소을의 뒤로 다가갔다. 그는 장도리를 머리 위로 들어 올려 내려쳤다.

빠각!

앞으로 다가오던 소을의 무릎이 앞으로 꺾였다. 목도 뒤로 꺾였다.

그의 뒤통수에서 압축기로 물을 뽑아내는 것처럼 피가 솟구쳤다.

피는 장도리를 든 사내를 적셨다.

검은 가죽을 입었기 때문일까, 티도 나지 않는다.

얼굴에 묻은 피는 손바닥으로 닦아 냈다.

이런 일을 많이 해 봤는지 표정의 동요가 하나도 없었다.

소을의 눈이 뒤집힌다.

사내가 다시 장도리를 들었다.

그는 소을의 뒤통수를 향해서 몇 번이나 장도리를 내려쳤다.

공허하고 차가운 강 바람이 불며 둔탁하고, 무엇인가 깨지는 소리만 울렸다.

누구 한 명 숨소리조차 내지 않았다.

소을은 얼굴을 차가운 콘크리트에 묻은 채 움직이지 않았다.

깨진 뒤통수에서 끈적끈적한 체액이 흘러나와 얼굴을 타고 흘렀다.

그의 부릅뜬 눈동자가 공포스러웠다.

남은 모필의 동생이 겁을 집어먹었다. 그는 자신도 모르게 손으로 입을 막았다.

그는 모필을 바라보았다.

모필이 자신을 보호해 줄 것 같지 않았다.

주변을 돌아본다. 탁 트여서 운이 좋으면 도망갈 수 있을 듯했다.

살 수 있다는 희망이 떠오르자 그는 뒤도 돌아보지 않고 자리를 떴다.

하지만 그것은 그만의 생각이었다.

그의 뒷덜미를 누군가가 잡아챘다. 강한 힘으로 뒤로 당기자 모필의 동생은 뒤로 넘어지고 말았다.

장도리를 든 사내가 씨익 하고 웃는다.

웃는 이빨에서 금빛이 반짝였다. 소름이 끼친다.

사내가 장도리를 들어 올렸다. 장도리로 모필의 동생 안면을 내려쳤다.

우지끈.

인중이 박살이 났다.

뼈가 부러지며 피가 사방으로 튀었다. 사내는 다섯 번을 연속으로 장도리를 내려찍었다.

꽈직— 꽈직— 꽈직— 꽈직— 꽈직.

모필의 동생 안면이 완전히 박살이 났다.

방금 전까지 살아 있던 사람인지 형체를 알아볼 수가 없을 정도였다.

그는 팔과 다리를 움찔거렸다.

숨이 끊어진 것이 거의 확실하지만 시신경이 살아 있기 때문이지 사지에서 경련이 일어났다.

엄청난 양의 피는 한강 둔치를 적셨다.

더 이상 모필과 경태에게 왈가불가할 사람은 없었다. 경태는 모필의 어깨에 손을 올렸다.

"저런 쓰레기 같은 놈들은 없어도 돼. 그렇지?"

"네? 네, 네."

모필은 부들부들 떨고 있었다.

이제껏 가장 믿을 만했던 소을이 이토록 무참하게 죽을지는 상상도 하지 못했다.

뒤통수가 박살이 나서 뇌수가 바닥에 흥건하다.

죽은 그의 눈동자가 모필을 원망하는 것처럼 노려보고 있었다.

모필은 침도 삼킬 수가 없었다.

당장이라도 이 자리를 떠나고 싶은 심정밖에 남아 있지 않았다.

"나 혼자서 일 벌이는 것이 아니니까 걱정하지 않아도 돼. 내가 신사동 파를 접수하면 넌 부회장을 시켜 주지. 그러니까 나와 함께할 거지? 놈은 우리의 목줄을 죄고 있다고 생각할 거야. 이번에는 제대로 한 방 먹여 주자고."

경태가 모필의 어깨에 손을 올린 채로 넌지시 물었다. 모필은 정신없이 고개를 끄덕였다.

만약 고개를 가로저었다가는 동생들처럼 자신의 두개골도 박살이 날 것만 같았다.

9.

위기

형식은 자신이 운영하는 룸살롱에서 술을 마시고 있었다.

의사가 절대로 술을 마시면 안 된다고 했지만 술기운을 빌리지 않으면 도저히 맨 정신으로 있을 수가 없었다.

한 잔, 두 잔 들어가자 도수에 대한 공포감도 서서히 옅어졌다.

그렇다고 하더라도 자신이 직접 대치동 파와의 항쟁에서 앞장을 서야 하는 일에는 변함이 없었다.

대치동 파와 항쟁이라.

아무리 생각해도 그것은 계란으로 바위를 치는 격이었다.

신사동 파가 압구정 파를 흡수했다고 하더라도 대치동 파와는 근본적으로 세력 자체가 달랐다.

특히 대치동 파의 회장인 김종민이 무서웠다.

그는 단순한 조직 폭력배가 아니었다.

그는 공권력을 등에 업고 엄청난 속도로 세력을 확장하는 중이었다.

곧 있을 국회의원 선거에도 출마할 계획이라고 한다. 그가 당선이 되면 아무리 날고 기는 도수라고 할지라도 한순간에 지리멸렬하고 말 것이다.

그런 김종민과 전쟁에서 앞장을 서라니.

죽으라는 말과 진배가 없었다.

똑똑—

누군가 그가 술을 마시고 있던 룸의 방문을 두드렸다.

"들어와."

형식의 말에 문이 열리고 여러 명의 사내가 들어왔다.

가장 먼저 보인 사내는 모필이었다.

그의 뒤로 경태가 보였다.

그를 본 순간 자신도 모르게 형식은 벌떡 일어났다.

그는 경태를 향해서 삿대질을 했다. 매우 화가 난 음성이 었다. 당장이라도 탁자 위에 놓인 술병을 들 기세였다.

"네가 여긴 어떻게!"

"혀, 형님, 잠깐만요. 잠깐만 제 얘기를 들어보십시오."

모필이 양손으로 번갈아 가면서 휘저으며 다급하게 형식을 말렸다.

"너 이 새끼. 뭐하는 짓이야!"

형식은 사납게 모필에게 소리쳤다.

"일단 앉아 보세요. 경태 형님이 할 말이 있다고 합니다. 제발 성질부터 일단 가라앉히세요."

모필은 형식을 자리에 앉혔다. 그런 형식을 향해서 경태가 허리를 90도로 숙였다.

"형님, 저 왔습니다."

"네가 여긴 웬 일이냐. 회장님이 말한 시간이 12시간도 남지 않았을 텐데."

경태를 바라보는 형식의 눈빛은 증오와 역겨움이 섞여 있었다.

이놈만 아니었다면 자신이 이렇게 팽 당하는 일은 없었을 것이다.

이놈이 압구정 파와 내통만 하고 있다는 것을 알았다면 그와 함께 역모를 모의하지도 않았을 것이다.

놈과 함께한 이상 그에게는 평생 낙인처럼 주홍 글씨가 따라 붙는다.

"저번 일은 죄송하게 생각하고 있습니다. 하지만 형님도 제 생각에 찬성을 하셨지 않습니까. 계획대로만 됐으면 형님은 지금쯤 압구정 파의 회장님이 되셨을 겁니다."

"이 새끼, 뚫린 입이라고 함부로 지껄이지 마라. 민혁이와 붙어먹을 줄 알았으면 네놈하고 손을 잡는 일 따위는 없었을 거야."

"그래서 말입니다. 이번에는 정말로 형님을 만족시켜 드리겠습니다."

"무슨 만족?"

"반드시 애송이 자식을 끌어내리겠습니다."

"무슨 허튼 수작이야!"

형식이 다시 버럭 소리를 질렀다.

당장이라도 이놈을 잡아서 도수에게 끌고 가고 싶었다.

과거로 치면 이놈은 매국노였다.

자신의 사리사욕을 위해서 나라를 팔아 치운 놈. 이런 놈과는 한시도 말을 섞고 싶지 않았다.

그는 모필을 보며 물었다.

"너 모필이 이 개새끼. 그사이 저 자식한테 붙었냐?"

"붙었다니요. 그저 함께하기로 한 것뿐입니다."

"씨발놈."

형식은 모필의 뺨에 손바닥을 걸어 올렸다.

룸 안에 짝 소리가 울렸다.

모필의 고개가 팍 하고 돌아간다.

조금은 잘못 맞았는지 입술이 터지고 피가 흘렀다.

"형님, 모필이는 죄가 없습니다. 일단 제 말을 들어 보십시오. 이번만큼은 도수 개자식을 끌어내릴 수가 있다니까요."

"닥쳐! 닥치고 나가서 염민혁이나 잡아 와."

"저 말입니까?"

가장 뒤편에 서 있던 사내가 어깨를 으쓱 거리며 말했다.

그가 선글라스를 벗자 형식의 얼굴이 있는 대로 구겨졌다. 그의 눈동자에 핏발이 올라왔다.

"경태 이 새끼, 끝까지……."

"저희는 손을 잡았습니다. 곧 도수와 기현이 이 싸가지 없는 것들은 이 세상에서 사라지게 될 겁니다. 새롭게 압구정 파와 신사동 파가 탄생하겠죠. 그러니 협조하시죠. 이미 대세는 기울었습니다. 저희가 손을 합친 이상 도수 놈도 끝장입니다."

"무슨 개소리야. 이 썩을 놈아!"

형식은 탁자를 뒤집었다.

꽤나 무거운 탁자였지만, 형식의 힘 앞에 속절없이 배를 내보였다.

탁자 위에 잔뜩 있던 양주와 맥주가 쏟아졌다.

탄산 음료수가 든 캔이 터지면서 거품이 생겨났다.

형식은 바닥에 떨어진 맥주병을 거꾸로 들었다.

맥주병 끝을 벽에 툭 하고 치자 안에 있던 내용물이 소파 위로 떨어졌다.

칼보다 날카로운 수많은 이빨을 가진 맥주병이 형식의 손에 들렸다.

하지만 그는 움직이지 못했다. 맥주병을 잡은 그의 팔을 모필이 잡았기 때문이었다.

"너! 이 개새끼, 놔!"

"안 됩니다, 형님. 죄송합니다. 저는 이미 경태 형님과 한 배를 탔습니다."

"이런 미친 새끼. 너만 죽는 게 아니다. 너만 바라보고 있던 동생들도 모조리 이 바닥을 떠나야 한단 말이다."

형식의 비명은 절규에 가까웠다.

이 멍청한 놈과 함께 일을 도모하려고 했던 사실이 믿기지가 않았다.

"아닙니다, 형님. 제발 마음을 돌리세요. 경태 형님하고 민혁이 형님이 손을 잡았습니다. 압구정 파는 되살아날 것입니다."

"이런 미친 새끼! 단단히 미쳤어, 단단히 미쳤다고. 너는 왜 모르느냐. 회장님이 우리를 왜 내버려 뒀다고 생각하느냐. 이 멍청한 놈아!"

"사람이 없어서입니다. 우리 셋이 빠지면 신사동 파는 제대로 굴러가지 않을 테니까요."

형식은 허탈하게 허공을 바라봤다. 이놈은 단단하게 착각을 하고 있다.

여기서 자신이 이들과 함께 한다면 어떤 재앙이 닥칠지 미래가 빤히 보였다.

어쩌면 회장은 이것을 바랐는지도 모른다.

경태가 다가와 형식이 손에 들고 있던 깨진 병을 빼앗았다.

그는 팔뚝으로 형식의 목을 죄었다. 형식은 몸이 뒤로 젖혀지며 꼼짝도 할 수가 없었다.

"형님, 마지막 기회입니다. 같이하시죠."

"퉤!"

형식은 경태의 얼굴을 향해서 침을 뱉었다.

눅눅한 침이 경태의 얼굴에 붙었다.

경태는 손바닥으로 침을 닦았다. 야차처럼 그의 얼굴이 심하게 일그러졌다.

"그럼 이대로 가시죠. 씨발놈아."

경태가 팔뚝을 강하게 뒤로 젖혔다. 형식의 목에서 뚜둑 소리가 난다.

경태는 거기서 멈추지 않았다.

들고 있던 깨진 병으로 형식의 배를 마구 찔렀다.

푹! 푹! 푹!

깨진 병은 너무도 쉽게 인체를 파고들었다.

깨진 병이 밖으로 빠질 때마다 엄청난 양의 피가 바닥으로 흘러내렸다.

깨진 병 끝에는 형식의 잘린 장기들이 조각조각 붙어 있었다.

"씨, 씨발. 멍청한 새끼들……."

형식의 목에서 피가래가 끓어올랐다. 폐의 구멍이 뚫렸는지 그의 목소리는 쉽게 알아들을 수가 없었다.

그의 피 묻은 손이 모필의 뺨을 훑었다. 모필의 뺨에 피가 묻었다.

형식의 팔이 힘없이 소파 위로 떨어졌다. 입고 있던 흰색 와이셔츠는 피로 물들어 제 색깔을 찾기 힘들었다.

"혀, 형님."

모필의 목소리가 심하게 떨려 왔다.

그는 소파 위로 떨어진 형식의 손을 잡았다. 당장이라도 눈물을 흘릴 것처럼 보였다.

"빌어먹을 꼰대 새끼. 욕심만 있고 겁은 많아서리. 이런 놈하고 같이 일을 도모하겠다고 생각했으니 원."

경태는 자리에서 일어났다.

들고 있던 깨진 병을 아무렇게나 바닥에 던져 버렸다. 그는 모필의 어깨를 잡고 뒤로 끌었다.

"모필아, 잊어버려. 이 세계는 약육강식이라는 것을 너도 알잖아. 곧 너는 이 바닥에서 NO.2가 되는 거야."

"그, 그래도."

"그래도는 무슨. 어차피 달리기 시작한 기차야. 멈출 수 없다는 것 너도 알잖아. 일어서. 약간의 틈을 둬야겠지? 이 것은 염민혁이가 했다고 오해를 하게 만드는 거야. 놈들은 눈이 뒤집히겠지. 좋아, 내일이다. 내일 놈들을 끝장내자."

경태가 모필을 억지로 일으켜 세워서 밖으로 나갔다.

이미 밖에는 20명의 부하들이 대기를 하고 있었다. 그중에서 몇 명이 커다란 가방을 들고 안으로 들어왔다.

가방 안에 형식을 담아서 쓰레기장에 버릴 생각이다.

그런 경태와 모필의 뒷모습을 보며 염민혁은 알 수 없는 미소를 짓고 있었다.

*　　*　　*

케빈 클럽은 압구정 파에서 가장 큰 돈줄이었다.

신사동 파의 마야 클럽과 비견이 될 정도다.

하지만 그 클럽은 신사동 파에게 넘어왔다.

도수는 그 클럽은 류현에게 맡겼고, 그는 깔끔하게 가게를 운영했다. 압구정 파가 운영할 때는 종업원들의 월급도 짜고 종종 밀리는 경우도 있었지만, 신사동 파가 클럽은 인수하면서부터 그런 경우는 사라졌다.

압구정 파가 운영하던 구역의 종업원들의 입장에서는 훨씬 나아진 환경이었다.

당연히 불만도 없었다.

케빈 클럽에서 은밀하게 거래가 되던 엑스터시도 사라졌다.

강남에서 가장 큰 마약 공급처였던 케빈 클럽에서 엑스터시가 사라지면서 마약을 관리하는 조직으로서는 큰 타격이 아닐 수가 없었다.

새벽 2시.

케빈 클럽이 한참 절정에 다다랐을 시간이다.

꽤나 많은 연예인들과 재벌 3세들도 이 시간에 가장 많았다.

그러나 지금 홀 안에는 한 명도 없었다.

있는 자라고는 무기를 든 수십 명의 검은 정장을 입은 사내들뿐이었다.

류현은 자신의 앞에 서 있는 사내들을 번갈아 보았다. 눈앞에는 얼마 전까지 그가 형님으로 모셨던 경태와 모필이 서 있었다.

그들은 서른 명이 넘는 조직원들을 데리고 왔다.

"뭡니까, 형님들?"

류현이 물었다.

"새끼, 너무 건방진 거 아니야? 원래대로라면 내 앞에서 고개도 못 들어야 정상이잖아."

경태가 이죽거렸다.

그는 바지 주머니에 손을 넣은 채 담배를 물고서 말을 했다.

"그거야 형님께서 신사동 파를 배신하기 전이었죠."

"배신을 하긴 누가 배신을 했다는 거냐."

경태의 눈매가 실룩거렸다.

"왜 이러십니까. 이 바닥에 소문 쫙 났습니다. 회장님께서 염민혁이를 잡아오지 않으면 용서하지 않을 거라는 소문도요."

"흥, 애송이한테 휘둘리는 꼴이란."

"회장님을 애송이라고 하셨습니까?"

"서른 중반도 안 된 놈이 신사동 파의 회장직을 맡는다는 것이 가당키나 하다는 말이냐."

"그럼 형님이 회장직을 맡는 것은 가당키나 한 겁니까?"

"애송이보다는 낫지."

"올라가지 못할 나무를 넘보시는군요."

"기회를 주겠다. 딱 한 번만 말하지만 두 번의 기회는 없다. 내 밑으로 들어와라."

"미친 거 아닙니까?"

"애송이는 곧 죽어. 기현이 놈도, 기동이 놈도 모두 끝장이 나지."

"정말 머리가 어떻게 됐나 보군요."

류현은 입술을 뒤틀며 비웃었다.

하나 그의 등줄기에서는 식은땀이 흐르고 있었다.

대부분의 간부들이 경태와 형식, 모필을 용서한 일에 대해서 불만들이 많았다.

잘못하면 조직이 분열이 될 수도 있다고 말했다.

하지만 도수는 고개를 흔들면서 말했다.

"놈들은 용서할 수는 없지. 하지만 그들보다 더욱 위험한 놈이 숨어들었다. 그가 있는 이상 우리 조직은 모래 위에 쌓은 성일 뿐이다. 놈을 끌어내기 위해서는 그만큼의 먹이를 던져 줘야 한다."

"그게 경태, 형식, 모필 형님이란 말입니까?"

류현이 물었다.

"그래. 형식 형님과 모필 형님을 몰라도 최소 경태 형님은 회유하러 할 것이다. 버릴 수가 없는 꽤나 큰 패거든. 그를 회유하기 위해서는 몸을 드러낼 수밖에 없지."

"그러다가 경태 형님이 다시 염민혁이한테 붙으면 어떻게 됩니까? 너무 위험하지 않습니까?"

류현은 거정스럽게 물었다.

"기회를 주는 것이다. 경태, 모필, 형식 형님들이 놈의 제안을 거절하면 본래의 직위를 유지시켜 줄 것이다. 하지만 놈들과 손을 잡는다면 깨끗이 처단한다. 염민혁이도 같이."

간부들은 고개를 끄덕였다.

목에 걸린 가시처럼 생각하던 것이 바로 염민혁이었다.

그는 소종태의 브레인.

압구정 파를 그 위치에까지 올려놓은 것도 염민혁이의 머리에서 나왔다.

아주 위험한 사내였다.

그가 모습을 숨긴 채 뒤에서 어떤 꿍꿍이를 부리고 있다면 신사동 파의 간부들은 한시도 마음을 놓을 수가 없었다.

그렇기에 커다란 미끼를 던졌다.

그리고 류현의 경태와 모필이 그의 눈앞에 있다는 것은 염민혁이 먹이를 물었다는 것을 의미했다.

하지만 도수의 예측과 다른 것이 있었다.

바로 시간이었다.

만약 경태가 염민혁이와 손을 잡는다면 일단 몸을 숨길 것이라 예상했다. 염민혁이 다른 조직을 끌어들였다면 모르지만 경태, 형식, 모필의 부하들을 모두 합해도 도수를 위협할 정도는 아니었다.

즉, 어느 정도의 전력을 완성할 때까지 놈들은 몸을 웅크리고 있을 것이다.

그때 놈들을 치면 된다, 라고 도수는 설명했다.

"단 하나 위험한 것이 있지."

"그게 무엇입니까?"

류현이 물었다.

"염민혁이 이미 다른 조직을 끌어들였을 경우다. 그렇다면 놈들은 세력을 키울 필요가 없지. 바로 우리의 뒤를 노리면 된다."

"그건 말이 안 됩니다. 염민혁은 끈 떨어진 연입니다. 그와 손을 잡은 조직은 없습니다. 또한 시간이 너무 촉박했습니다. 놈은 지금 몸을 숨기기에 바쁠 것입니다."

"그럴 가능성이 높지만 100프로 과신을 해서는 안 된다. 경태 형님의 행동을 주시해라. 만에 하나 놈들이 우리 예상보다 빨리 세력을 규합할 수도 있다. 항상 경계를 늦추지 마라. 각 영업부장들과 연계를 해라."

도수는 모든 사람들에게 신신당부를 했다.

그리고 며칠 후 도수는 동생들과 1박 2일로 MT를 갔다. 이런 중요한 순간에 왜 MT를 가냐고 묻는 동생들도 있었다. 하지만 류현은 그의 속뜻을 알고 있었다.

이곳에도 경태의 심복들이 한두 명쯤 심어져 있을 것이다. 그렇기에 놈의 눈을 어지럽히기 위함이었다.

회장님과 기현은 염민혁에 대해서 방비를 하지 않는다는

보여 주려고 한다.

도수만 MT를 가는 것이 아니다.

다른 영업과장과 동생들도 차근차근 MT를 보낼 생각이었다.

어떡하든 놈의 시선을 분산시키기 위해서.

하지만 도수가 MT를 떠난 첫날, 놈들의 습격이 이뤄질지 아무도 예상하지 못했다.

류현은 좌측에 있던 희승에게 조심스럽게 물었다.

"회장님께 연락이 되나?"

"안 됩니다."

"기현 형님은?"

"안 됩니다."

"어쩔 수 없군. 한민광이한테 도움을 받아야겠군. 놈한테 연락해."

"알겠습니다."

류현은 한민광이를 싫어했다.

놈의 성격은 너무 잔인하고 난폭하다. 평범한 싸움도 놈이 끼어들게 되면 피바람이 불었다.

그는 자랑스럽게 자신의 칼에 의해 발목이 잘린 사람이 100명이 넘는다고 떠들고 다녔다.

그 꼴이 보기 싫었다.

더군다나 놈은 소종태의 심복이 아니었던가.

류현은 그런 자를 스카우트 하여 신사동 파 간부로 만들어 준 것이 이해가 되지 않았다.

물론 능력은 뛰어나다.

잔혹한 성격 말고는 일처리가 매우 깔끔하여 도수와 기현이 나설 일이 거의 없다고 보면 된다.

"큭큭큭, 누구한테 전화를 하나? 그 친구?"

경태가 엄지손가락으로 류현의 우측을 가리켰다.

쪽문이 열리면서 스무 명 정도의 사내들이 홀 안으로 들어서고 있었다.

날카로운 눈빛을 빛내고 있는 한민광과 그의 수하들이었다.

전원 예전 압구정 파로 구성이 되어 있었다.

등줄기에서 서늘한 바람이 타고 내려가는 듯했다.

불길하다.

"아직 전화를 하지 않은 걸로 아는데."

류현은 한민광을 보며 말했다.

"그쪽 전화 받고 온 거 아니니까 신경 *끄슈*."

한민광은 류현을 향해 잇몸까지 보이며 활짝 웃었다. 그의 웃음이 소름끼친다.

"그럼?"

한민광은 어깨를 으쓱 거린 후 경태가 있는 곳을 바라봤다.

경태의 옆으로 한 사내가 모습을 드러냈다.

익숙한 얼굴이 보였다. 도수와 기현이 반드시 잡아야 하는 사내라고 말했던 염민혁이 그곳에 서 있었다.

류현은 뒷머리를 긁적거렸다.

"아무래도 여기서 뒈질 운명인가 보군."

"어이, 동생. 그러지 말고 우리와 함께하지. 어차피 애송이의 운명은 끝났어. 놈이 가진 왕좌는 오늘 밤이 끝이란 말이지."

"나는 말이야. 경태 형님처럼 아니, 형님이라고 부르다가는 입이 썩을 것 같군. 너희 개새끼들처럼 말이야 아무 데나 붙어먹지 않거든. 그러다가 자지가 썩어 버린다고, 무슨 말인지 알겠냐? 나 같으면 이곳저곳에서 아무렇게나 붙어먹지는 않을 거야. 뭐, 너희는 개새끼들이니까 그럴 수가 있지만."

류현의 신랄한 비난에 경태와 모필의 얼굴이 붉으락푸르락하게 변했다.

"미친 새끼, 네놈이 조신시대의 충신이 되는 것처럼 연기하는군. 그래 봤자 뒈지면 아무 소용이 없다는 것을 보여주지."

"그래 뒈지겠지. 하지만 가족은 안전하겠지. 대신 너희들은 너희들만 뒈지는 것이 아닐 거야. 회장님이 어떤 사람인지 알고서도 이런 짓을 저지르는지 모르겠다. 너희들은 극한 공포를 느끼면서 뒈져야 할 거다. 크크크크크."

류현은 웃으면서 칼을 꺼냈다. 칼을 양손으로 쥐고서는 경태를 향해서 뛰어갔다. 희승과 동생들도 마찬가지였다.

역부족인 것은 안다.

여기서 죽는다는 것을 안다.

그들은 죽을 각오를 하고 경태와 염민혁에게 달려들었다.

"으아아아아아악!"

그들의 기합 소리가 홀 안을 가득 메웠다.

*　　*　　*

일행들은 도수가 있는 방에 앉아서 앉아 있었다.

해가 떴지만 조식을 먹을 생각도 하지 못했다.

큰 충격을 받아서 목구멍에 어떤 음식도 들어가지 않을 것 같았다.

기현이 문을 열고 들어왔다.

기현은 유정과 유민, 미자와 민희를 데리고 아침을 먹고 왔다.

그 역시 도저히 아침을 먹을 생각이 나지 않았지만 그들까지 불안하게 할 수는 없었다.

기현은 그들과 함께 아침을 먹고 산책을 보낸 후 도수의 방으로 올라왔다.

기현은 아무 말 없이 의자에 앉았다.

그들이 전화를 받은 것은 새벽 4시 경이었다.

전화가 온 사람은 다름 아닌 민태였다.

그는 도수에게 불같이 화를 냈다.

지금 뭐 하고 자빠져 있냐고, 당장 일어나서 상황을 알아
보라고.

잠결에 일어난 도수는 이해가 가지 않았다. 무슨 일이냐
고 물었더니 강남 바닥이 발칵 뒤집혔다고 한다.

단 하루만에 신사동 파가 염민혁한테 무너졌다는 말도 덧
붙였다.

도수는 기현을 깨워서 사실을 알렸다.

기현도 이해가 가지 않기는 마찬가지였다.

어제 잠들기 전에 한민광 과장한테 전화를 걸어 무슨 일
이 없었냐고 물었더니 아무 일도 없다고 대답했기 때문이다.

그때 시각이 새벽 2시 20분가량이었다.

그 말은 겨우 세 시간도 되지 않아 신사동 파가 무너졌다
는 말이다. 말도 되지 않았다.

김실연 과장과 이기동은 사방에 전화를 걸어서 사태에 대
해서 알아봤다.

그리고 충격적인 사실을 듣게 됐다.

류현이 전화를 받지 않은 이유는 그 시각에 이미 당해서
자리에 없었기 때문이었다.

한민광은 그사이 주인을 갈아치웠다.

염민혁은 예상대로 경태와 모필을 매수했다.

거기서 그치지 않고 영업과장인 한민광도 끌어들였다.

정보는 차단되었고, 그들이 먹고 마시는 하룻밤 사이에
모든 것은 달라졌다.

염민혁에게 일부러 허점을 드러냈지만, 그것이 치명적인 타격으로 다가오고 말았다.

"류현은 어떻게 됐나?"

도수가 실현에게 물었다.

압구정 파를 지탱하는 대부분의 조직원들이 당했지만, 아직까지 실현의 조직원들은 남아서 저항을 하는 모양이었다.

그들에 의해서 조금이나마 정보를 들을 수가 있었다.

"놈들이 강남으로 입성한 후 가장 먼저 습격한 곳이 케빈 클럽이라고 합니다."

"그래서?"

"류현 과장과는…… 연락이 되지 않습니다."

실연은 길게 한숨을 내쉬며 고개를 가로저었다. 그가 말하는 뜻은 셋 중에 하나였다.

납치가 됐든지, 놈들과 한 패가 됐든지…… 죽었든지.

어찌 된 일인지는 전혀 감을 잡을 수가 없었다.

믿었던 놈들이 자신의 이익에 비례하여 배신을 밥 먹듯이 한다. 믿을 만한 류현이라고 하지만 배신을 하지 않았다고 장담을 할 수는 없었다.

배신을 하지 않았다면 살아 있다고 보기도 어려웠다.

"경태, 형식, 모필 모두 염민혁이에게 붙은 건가?"

"그건 아닌 것 같습니다."

"그럼?"

"형식이 형님이 운영하는 룸살롱에서 일이 벌어진 것 같습니다."

"싸움이 일어났다는 말인가?"

"그렇게 예측을 할 뿐입니다. 형식이 형님이 사라졌습니다. 그 이후 형님을 본 사람이 없습니다. 형식이 형님이 술을 마시던 룸은 완전히 난장판이 되어 있었고, 바닥에는 피가 엄청났다고 합니다."

"그리고 형식이 형님은 사라졌다?"

"네."

그나마 지조를 지킨 사람은 그 사람뿐인가.

하지만 대가가 너무 컸다. 아마도 그 사람은 이승 세계의 사람이 아닐 것이다.

자식들도 있다고 들었는데…….

"어쩌실 생각입니까?"

기현이 물었다.

모두의 눈빛이 불안했다.

저번보다 더한 위기가 닥쳐왔다.

설마 이토록 빠르게 치고 들어올지는 상상도 못했다.

도대체 무슨 마법을 부려서 빠르게 세력을 확장했는지 알다가도 모를 일이다.

아니, 놈의 배후에 누군가가 있다면 가능하려나.

도수는 소파 위로 등을 기댔다.

지금과 같은 상황에서는 그도 마땅한 대책이 없었다.

경태와, 형식, 모필이라는 먹이를 던져 주고, 커다란 함정을 팠다. 그리고 사냥감이 나타나기를 기다렸다.

하지만 사냥감이 덫을 놓기 전에 우리 안으로 들어온 꼴이 되고 말았다.

안일하게 대처하지는 않았다.

염민혁을 끌어내기 위해서 너무 안쪽을 비워 둔 셈이었다.

그것이 치명적인 악수였다.

"회장님, 당장 쳐들어가이소. 염민혁이와 경태 이 개자식들은 지금쯤 기고만장해 있을 겁니더. 놈들이 모여 있는 곳을 한 번에 급습하여 모조리 매장시켜 버리면 됩니더."

이기동이 매우 흥분하여 말했다.

어제 일로 인해서 그도 동생들과 연락이 끊겼다.

몇 명이나 살아남았는지, 몇 명이나 병원에 실려 갔는지, 몇 명이나 변심을 했는지 알 길이 없었다. 얼굴에서 답답해 미치겠다는 표정이 그대로 드러났다.

"앉아 있어라. 만약 그랬다가는 여기 있는 사람들 다 죽는다. 모르긴 몰라도 염민혁이 정도의 머리라면 우리가 어서 빨리 자신들을 습격하기를 기다라고 있을 것이다."

"끙."

기동은 콧소리를 내며 자리에 앉았다.

모두가 합심하여 여러 가지 의견을 냈지만 마땅한 대안이 없었다.

그들은 끈 떨어진 연이 되고 말았다. 한 가지 다행인 것은 업소에 관한 모든 합법적인 서류는 도수와 기현이 가지고 있다는 것이다.

그들이 관리를 한다고 해서 그들의 것이 아니었다.

어떤 식으로든 그들은 도수를 찾아서 업소의 등기를 넘겨받으려고 할 것이다.

도수가 영수에게 모든 부동산과 동산을 넘겨받았듯이.

똑똑—

누군가 문을 두드렸다.

서로의 눈이 마주쳤다. 지금 이 시간에 문을 두드릴 사람은 없었다.

설마 놈들이 벌써 이곳을 알아낸 것은 아니겠지? 라는 불안한 눈빛이 떠오른다.

모두가 소리를 내지 않고 자리에서 일어났다.

도수가 중앙에 선다.

김실연은 칼을 꺼내서 거꾸로 쥐고는 문 앞으로 다가갔다.

똑똑—

다시 노크 소리가 울렸다.

"누구시오?"

실현이 물었다.

"나다."

익히 익숙한 목소리가 들렸다.

모두의 얼굴이 밝아졌다. 민태의 목소리였던 것이다.

실현은 문을 열었다.

그곳에는 거구의 민태가 인상을 찌푸리며 서 있었다.

"어떻게 민태 형님이 여기를."

"일단 들어가서 앉자."

민태는 성큼성큼 방 안으로 들어왔다.

그리고는 뒤를 돌아보며 '회장님도 들어오시죠.' 라며 말했다.

도수와 일행들은 고개를 갸웃거렸다.

민태가 회장님으로 깍듯하게 부르는 사람은 거의 없었다.

민태의 뒤에는 펜션 주인인 두 노부부가 서 있었다. 그들은 밝게 웃으며 도수를 향해서 손을 흔들었다.

"회장님, 사모님. 앉으시죠. 야! 너희들 옆으로 나와."

민태가 기현을 향해서 손을 휘휘 저었다.

기현은 얼떨결에 자리를 양보했다.

그의 자리에 노부부가 앉았다. 노인인 손을 들어서 어서 앉으라는 표시를 했다.

민태가 조심스럽게 노부부의 우측에 앉았다.

좌측에는 도수가 앉고 차례대로 자리를 잡았다.

기현이 민태의 옆에 앉아 작게 물었다.

"펜션 주인분과 아십니까?"

"잘 알다마다."

민태는 노부부를 보며 물었다.

"회장님에 대해서 조금만 설명해도 되겠습니까? 이 무식

한 것들이 아직 상황 파악을 하지 못하는 것 같습니다."

"흘흘, 그러려무나."

노인은 빙그레 미소를 지었다.

도수는 그런 노인을 보며 긴장했다.

어제도 범상치 않은 노인이라 여겼다.

30대와 같은 탄탄한 근육을 가진 노인이 세상에 얼마나 있을까.

더군다나 영하 10도가 내려가는 살벌한 추위에서 상의를 탈의한 채 장작 패기를 하고 있었다.

어지간한 강심장도 하기 어려운 일이었다.

또한 가만히 앉아 있을 뿐인데도 엄청난 압박감이 느껴졌다.

민태보다도 한 수 위였다.

30년을 넘게 살아오면서 이토록 강렬한 느낌을 받은 적이 없었던 도수였다.

마치 어깨를 바위로 짓누르는 듯한 압박감이다.

"조형은이라고 아나?"

"조형은이요?"

민태의 말에 모두가 잠시 고개를 갸웃거렸다.

마땅하게 떠오르는 인물이 없었다.

"벌써 20년 전에 은퇴를 했으니까 잘 모를 수도 있겠군. 그럼 조형은 파라고는 아나?"

"아, 조형은 파!"

기현의 머릿속에서 뭔가 떠오른 모양이었다.

그가 건달 세계의 입문한 후 술자리에서 아주 가끔씩 들던 조직의 이름이었다.

"기현이는 생각이 나나 보군. 조형은 파란 20년 전에 전국을 휩쓸었던 3대 조직 중에 하나다. 지금처럼 수백 개의 군소 조직들이 난립하는 것이 아니라 세 개의 조직이 전국을 나누고 있었지. 생각만 해도 굉장하지? 우리처럼 겨우 강남 한 조각만 놔두고 피 터지게 싸우는 것이 아니니 말이야. 영남 지방을 통일한 김신대 파, 호남 지방을 통일한 박영신 파 그리고 서울, 경기 지역을 통일한 조형은 파. 건국이래 가장 큰 3대 조직이라고 할 수 있지. 조직원의 수가 얼마나 되는 줄 아나?"

민태는 기동에게 물었다.

질문을 받은 기동은 깜짝 놀라서 뒷머리를 긁적거렸다. 어떡하든 질문에 답을 하려는 노력이 가상하다.

"하, 한 150명?"

"큭, 150명? 전국 3대 조직이?"

"그럼 한 500명쯤?"

조직원이 500명이라면 그에 딸린 사람들은 5배가 넘어간다.

자금은 관리하는 사람, 남자 종업원과 여자 종업원, 가족 등.

엄청난 사람들이 그에 얽매이는 것이다.

즉, 조직원이 500명이라면 최소 2500명 이상이 그들로 인해서 생계를 유지하는 것이다.

"기록상으로 조형은 파는 2000명, 김신대 파는 1800명, 박영신 파는 1500명의 조직원들 거느렸다고 한다."

모두의 입이 떡 벌어졌다.

그 정도의 조직 폭력배가 존재했다는 것 자체가 놀라움이었다.

일본의 야쿠자, 중국의 삼합회라고 해도 믿을 숫자다.

"하지만 전국 3대 조직도 1990년을 지나면서 급격하게 세력이 줄게 됐지. 노현우 정권이 범죄와의 전쟁을 선포하면서 많은 건달들이 이유도 모른 채 잡혀 들어간 거야. 당시는 대부분이 정치 깡패였었다. 전국 3대 조직이라고 하지만 정부의 비호가 없이는 살아남을 수가 없었지. 그들은 정부를 위해서 칼을 휘둘렀지만, 정작 정권이 바뀌자마자 토사구팽이 되고만 거야. 3대 조직은 급격하게 흔들렸고, 김신대와 박영신도 잡혀가고 말았지. 김신대는 종신형, 박영신은 사형을 선고받았어."

모두가 고개를 끄덕였다.

조직에 계열에 대해서는 전혀 모르고 있었던 그들이다. 조금이나마 어떤 식으로 조직들이 살아남았는지 알 것 같았다.

그런데 왜 그런 얘기를 여기서 하는지는 이해하지 못했다.

"하지만 조형은 회장님은 건재하셨지. 물론 은퇴를 종용당하기는 했지만. 영향력이 사라진 것은 아니었다. 조형은 회장님은 지금도 이 바닥에 엄청난 영향력을 행사하시지. 그분의 말 한마디면 염민혁이는 물론, 중소 규모의 조직 정도는 하룻밤 사이에 사라진다. 그리고 여기 계신 분이 조형은 회장님이시다."

민태는 옆에서 웃고 있는 인상 좋은 노인을 가리켰다.

대선배를 몰라본 일행들이 벌떡 일어났다.

도수는 민태가 조형은에 대해서 설명을 할 때 어느 정도 눈치를 채고 있었다.

이 노인이 보통 사람이 아니라는 것을 느끼고 있었으니 충분히 예상을 할 수가 있었다.

"선배님을 몰라봐서 죄송합니다."

도수가 고개를 숙였다. 일행들도 도수를 쫓아서 고개를 숙였다.

"이것 참, 낯 뜨겁구만. 앉아, 앉아. 선배 대접받고 싶은 생각은 추호도 없으니까."

조형은 손을 흔들어서 도수와 동생들을 앉혔다.

그런데 왜 그가 갑작스럽게 정체를 밝혔을까.

민태의 말대로라면 그는 20년 전에 은퇴하여 노후를 이곳에서 즐기고 있던 것이다.

본인의 정체를 밝힐 필요도 없었고, 그저 스쳐 지나가는 인연으로 여기면 그만이었다.

"도수라고 했던가?"

조형은이 물었다.

"네, 선배님."

"나와 팔씨름 한 번 하지 않겠나?"

"팔씨름이요?"

뜬금없이 웬 팔씨름이란 말인가.

"한 번 해 봐. 봐줄 생각은 안 하는 것이 좋을 거야. 노인 이라고 여겼다가는 큰코다친다."

민태가 옆에서 거들었다.

도수는 고개를 끄덕였다.

장난을 치듯 이러고 있을 상황은 아니지만, 그렇다고 민 태와 대선배인 조형은의 앞에서 저 진짜로 바쁩니다, 라고 말을 할 수는 없었다.

도수는 탁자 위에 오른손을 올려놓았다.

"자네는 오른손잡이인가?"

조형은이 다시 물었다.

"네? 아, 아닙니다."

"그렇지? 후후, 어제 도끼를 잡을 때 왼손을 주축으로 하 더라고. 역시 내 눈썰미는 죽지 않았어."

조형은은 장난스럽게 말했다.

반면 놀란 것은 민태였다.

예전에 도수와 팔씨름을 한 적이 있었다.

그때는 오른손으로 팔씨름을 하여 탁자가 부서지는 바람

에 비긴 적이 있었다.

하나 조형은의 말대로라면 도수는 진짜 실력을 보이지 않은 것이다.

어쩐지 도수가 괘씸하게 느껴졌다.

도수는 팔을 바꿔 왼손을 탁자에 올려놓았다.

조형은 목도리를 풀고 엉덩이까지 내려오는 긴 파카도 벗었다.

안에는 상당히 오래된 스웨터를 입고 있었다.

왼쪽 소매를 걷자 20~30대 청년의 팔뚝이라고 해도 믿을 만큼 근육질의 팔뚝이 튀어나왔다.

"자, 한 번 해보자고. 노인네라고 너무 얕보지는 말게나."

"그럴 생각 추호도 없습니다."

조형은의 나이는 적게 잡아도 환갑이 넘었다. 어쩌면 일흔을 바라보고 있을지도 몰랐다.

하지만 그는 20년 전 서울, 경기의 조직 폭력단을 힘으로 통합한 경력이 있었다.

단순히 머리가 좋고 주먹질만 잘한다고 해서 될 일이 아니었다.

그에게도 맹수로서의 야성이 있는 것이다.

호랑이가 늙었다고 해서 고양이가 되는 것은 아니다.

아직까지 이빨이 남아 있었고, 손톱도 건재했다.

도수와 조형은이 손바닥을 마주 잡았다.

서로의 손아귀에서 억센 힘이 느껴졌다.

설마 했지만 도수도 인정을 해야만 했다. 이제껏 만나 왔던 사내들 중에서 가장 압도적인 힘을 가진 자가 눈앞에 있었다.

노인의 힘이 이렇게까지 강하게 느껴지기는 처음이다.

조형은을 노인으로 생각하면 지게 된다.

도수는 크게 심호흡을 했다.

기현이 일어나서 심판을 보았다.

마주 잡고 있는 둘의 손을 정중앙으로 이끌었다.

둘의 손에 손을 얹은 기현은 깜짝 놀랐다.

손등에서 엄청난 열기가 느껴졌다. 마치 불이 타오르는 것 같은 느낌이었다.

도수와 조형은은 벌써부터 전투 태세에 들어갔다는 것을 알았다.

단순한 팔씨름이지만 사나이들의 자존심은 그것보다 훨씬 뜨거웠다.

"준비."

기현이 준비를 외쳤다.

도수와 조형은은 더욱 힘을 줬다.

두 손은 꼼짝도 하지 않지만 약간씩 떨리는 것으로 보아 얼마나 큰 힘이 들어가고 있는지 모두가 알아차릴 수가 있었다. 오른손은 탁자 끝 부분을 잡고 있다.

"시작!"

드디어 기현이 손을 놓았다.

동시에 둘의 힘이 서로를 강하게 압박했다.

모두가 침을 삼키며 두 사내의 힘겨루기를 지켜보았다.

그들은 도수의 힘이 얼마나 강한지 알고 있었다. 그들이 알고 있는 한 도수보다 힘이 강한 자는 없었다.

그런데 환갑도 넘은 노인의 힘이 도수와 맞먹고 있는 것이다.

보고도 믿기지가 않았다.

도수와 조형은의 팔뚝, 이마에서 힘줄이 불거졌다.

퍼런색 힘줄은 그 힘을 이기지 못하고 당장이라도 살결을 뚫고 밖으로 튀어나올 것만 같았다.

"호호호, 이 아이 정말로 대단하네요."

옆에서 지켜보고 있던 노부인이 입을 가리고 웃었다.

그녀는 호기심이 잔뜩 서린 눈빛으로 도수를 보았다.

비록 외모는 곱게 늙은 할머니와 같았지만 눈빛만큼은 강하고, 맑았다.

"흐흡, 그러게 말일세. 이 아이, 정말 강하네."

"아직 말할 기운이 남아 있나 보네요."

"……."

조형은은 입을 다물었다. 다시 한 번 입을 벌렸다가는 단숨에 팔이 넘어갈 것만 같았다.

방년 65세.

대한민국 건국 이래 자신보다 강한 힘을 가진 사내는 없다고 자부하던 조형은이었다.

민태조차도 그와 힘을 겨뤄 3초를 넘기지 못했다.

물론 전성기 시절에는 지금보다 두 배는 강했을지도 모른다.

하나 지금도 충분히 젊은이들을 상대할 자신이 있었다.

그것은 오랜 시간 하루도 빼놓지 않고 단련을 해 온 자신에 대한 자부심이었다.

도수라고 해도 마찬가지였다.

그의 생각으로는 도수가 10초 정도 견딜 것이라 여겼다.

그 정도만 하더라도 칭찬을 해 줄 생각이다.

워낙 도수를 좋게 봤기 때문인지도 몰랐다.

그런데 예상이 엇나갔다.

10초는커녕 자신이 밀리고 있었다.

"흐흡."

"흡!"

서로의 기합이 터졌다.

오른손으로 잡고 있던 탁자 부위가 '우드득' 거리며 떨어져 나갔다.

두께만 하더라도 10㎝가 넘는 탁자의 모서리가 부러지자 사내들은 벌어진 입을 다물지 못했다. 이런 힘을 가진 도수와 조형은이 인간 같지 않게 느껴졌다.

'이, 이런 제기랄. 이거 내가 40년은 젊었어야 이놈과 자웅을 겨룰 수 있겠는걸.'

조형은의 얼굴이 있는 대로 구겨졌다.

처음에는 둘의 힘은 호각이었다. 그러나 지구력에서 밀렸다.

비록 순간적인 힘은 비슷하게 낼 수가 있으나, 시간이 지날수록 승기는 도수에게로 몰려갔다.

힘이 빠르게 떨어지고 있었다.

아무래도 세월의 힘은 이길 수가 없는 모양이었다.

더욱 놀라운 점은 도수가 과연 진짜 힘을 내고 있는 것인가 의문스럽다는 점이다.

어쩌면 놈은 100퍼센트 힘을 발휘하고 있지 않을지도 모른다.

설마 자신에게 그런 여유가 있을까, 라는 의문이 들었지만 시간이 가면 갈수록 의문은 확신으로 바뀌어 갔다.

도수라는 아이는…… 괴물이다.

팔목이 뒤쪽으로 서서히 꺾여 간다.

더 이상 힘을 썼다가는 근육이 파열되거나 손목뼈가 다칠 것만 같았다. 그럼에도 조형은은 도수의 손을 놓지 않았다.

한때 전국 3대 조직의 수장이었다는 자존심과 아직 늙지 않았다는 사내로서의 끈질김이 그렇게 만들었다.

그때였다.

갑자기 도수의 손에서 힘이 빠지며 뒤로 넘어갔다.

도수는 크게 한숨을 쉬며 자리에서 일어나 조형은에게 고개를 숙였다.

"선배님, 한 수 배웠습니다. 아니, 열 수는 배웠습니다.

진심으로 감탄했습니다. 나이를 먹어도 단련을 절대 게을리하지 않겠습니다."

욱신욱신거리는 팔목을 움켜쥔 조형은이 매서운 눈으로 도수를 바라봤다.

다른 사람들은 모르지만, 그는 도수가 자신을 봐줬다는 사실을 알고 있었다.

자존심에 금이 갔다.

"어이구, 환갑이 넘어도 이놈의 성격은 변하지 않네요. 저 아이가 당신의 체면을 살려 줬잖아요. 고마운 줄을 알아야지."

노부인은 조형은의 옆으로 다가와서 귓말을 속삭였다.

그제야 조형은은 헛기침을 하면서 눈동자의 힘을 풀었다.

"영국에서는 이런 말이 있다지? 늙음을 즐긴다고. 나도 그렇게 살고 있었지. 그런데 이 아이를 보고 있자니 다시 젊어지고 싶다는 생각이 들어. 늙은 나를 너무 뜨겁게 하는구만."

조형은은 눈초리를 확연하게 부드러워져 있었다.

"과찬이십니다."

"후후, 진심이야. 그래서 너를 통해 세상을 다시 한 번 보려고 한다."

"무슨 말씀이신지."

"아이야, 너의 후견인이 되어 주마. 여기 이 할망구가 공증인이다."

"이영옥이라고 해요."

이영옥이라고 소개한 노부인은 고개를 살짝 끄덕거렸다.

그녀의 이름을 듣는 순간 모두가 입을 다물지 못했다.

조형은보다 10배는 유명한 인물이 바로 이영옥이라는 이름 석자였다.

30년 전 부동산 거품이 일어나면서 어마어마한 돈을 손에 거머쥔 인물이 바로 그녀였다. 한때 그녀가 가진 땅을 밟지 않고서는 서울로 입성할 수가 없다는 소문이 돌았을 정도였다.

정계에 진출하기 위해서는 반드시 그녀의 도움이 필요하다고도 하였다.

그것이 사실인지 소문인지는 알 수 없지만, 대한민국 상위 10퍼센트 안에 드는 사람들에게 엄청난 영향력을 행사하고 있다는 것만큼은 확실했다.

기현을 비롯해서 모두가 입이 떡 벌어진 채 이영옥과 도수를 번갈아 가면서 쳐다봤다.

"후후후, 참으로 귀여운 아이에요. 지켜보고 싶군요."

하지만 정작 마도수는 뚱한 표정으로 고개를 좌우로 가로저었다.

10.

반격

CITY OF
WILD BEAS

"큰 형님, 도대체 왜 선배님의 제안을 거절하셨습니꺼. 하이고, 아까워라. 하늘이 내리신 기회를 뻥 걷어찬 기라예."

기동은 조형은의 제안이 무척이나 아쉬운 듯했다.

그도 그럴 것이 그가 후견인이 된다면, 많은 중소 조직들이 앞다투어 그를 도와줄 것이 확실했다.

물론 도수를 보고 도와주는 것이 아니다.

조형은과 이영옥에서 떨어진 콩고물을 바라고 있는 것이다.

그만큼 조형은과 이영옥의 인맥은 대단했다.

막말로 전화 한 통이면 관공서까지 움직일 수가 있을 거대한 힘과도 같았다.

또한 대치동 파도 도수를 건드리기가 힘들어진다.

대치동 파의 회장인 종민이 국회의원이 된다고 하더라도

조형은과 이영옥의 힘은 그보다 훨씬 윗줄까지 뻗어 있으니 말이다.

기현도 기동의 마음과도 같았다.

그들의 힘만 있으면 강남을 일통하는 것은 꿈도 아니었다.

더 나아가 서울을 장악할 수 있을지도 몰랐다.

"선배들의 도움은 필요 없다."

도수는 딱 잘라서 말했다.

"왜예?"

기동은 아직도 불만스러운 얼굴을 하고서는 물었다.

"선배님들의 힘을 빌려서 염진혁이를 잡으면 무얼 하나. 우리의 힘으로 그를 잡은 것인가?"

"음."

기동은 할 말을 잃었다.

가장 마음에 걸리던 것이 그것이다.

자신들의 힘으로 신사동 파를 회복시키지 못한 것.

"하지만 큰 형님, 저희 사정은 고양이의 손을 빌리고 싶은 만큼이나 좋지 않습니다. 일단은 선배님들의 도움을 받는 것이 좋지 않겠습니까?"

기현이 말했다.

그의 말대로 당장 이 난국을 벗어날 길이 없었다.

시간이 지나면 그들은 서울로 돌아가지 못할 수도 있었다.

더군다나 그들은 보호해야 할 사람도 있었다.

영수라는 놈이 유정을 납치했듯이.

다시 그런 일이 벌어지지 않으란 법은 없었다.

아니, 물불 가리지 않는 염민혁이의 성격으로 보아 자신들이 그들 앞에 나타나지 않는다면 반드시 주변 사람들에게 해코지를 할 것이 분명했다.

"우리는 충분히 도움을 받고 있다. 잊었나?"

도수가 되물었다.

도수는 조형은과 이영옥의 제안을 거절했다.

그들은 놀란 표정을 지었다.

지금 도수의 상황에서는 지푸라기라도 잡아야 한다.

당연히 그들의 제안을 고마워하며 받아들일 줄 알았다.

그렇기에 도수의 거절은 그들이 생각하는 선택 사항에서는 없었다.

조형은은 자신이 후견인이 된다면 무엇이 좋은지 하나부터 열까지 설명을 했다.

그래도 도수는 꿈쩍 하지 않았다.

그는 마음만 고맙게 받겠습니다만 반복했다.

어쩐지 다급해진 것은 조형은이었다. 그는 몇 번이나 도수를 설득했지만 통하지 않았다.

나중에는 애원조로 말하기에 이르렀다.

아이야, 내가 후견인이 되게 해 다오.

네가 가는 길에 대해서는 조금도 상관하지 않겠다, 라고

까지 말했다.

100번도 더 양보를 한 셈이다. 그래도 도수는 고개를 저었다.

가만히 듣고 있던 영옥이 도수에게 말했다.

"부담을 느끼고 있군요. 이번 일을 자신의 실수라고 생각하고 있고요. 하지만 당신의 힘만으로는 이번 사태를 헤쳐 나가기 어려울 거예요."

"알고 있습니다."

도수는 대답했다.

"말씀드렸다시피 저희는 조금도 당신에게 참견을 하지 않을 거예요. 저희는 그저 당신이 어디까지 커 갈 수 있는지 보고 싶을 뿐이랍니다."

영옥은 손자를 보는 인자한 눈빛으로 도수를 바라봤다.

도수도 그들이 자신에게 어떤 흑심이 없음을 알았다. 그렇지만 이번 사태만큼은 혼자서 해결을 하고 싶었다.

어쩌면 이번 일로 하여금 자신의 한계를 뛰어넘어 보고 싶은 욕심 때문인지도 몰랐다.

조형은은 몇 번이나 더 도수를 설득했다.

노 선배들이 이렇게까지 하는데 거절을 하는 것도 예의가 아니었다.

도수는 일부분만 그들의 도움을 허락했다.

먼저 염민혁에게 자신들을 당분간 보호해 달라는 것이다.

염민혁과 경태는 눈이 벌개져서 자신을 찾아다니고 있을

것이 확실했다.

위치가 발각이 된다면 얼마나 많은 칼잡이들이 투입될지 알 수가 없었다.

아무리 도수라고 하더라도 칼을 든 조직원들 수십 명을 당해 내기란 쉽지가 않았다.

조형은은 흔쾌히 수락을 했다.

그는 도수가 마음을 열었다는 것이 기쁜 모양이었다.

도수는 또 한 가지를 부탁했다.

바로 정보였다.

놈들이 어디에 있는지, 어디서 무엇을 하는지, 어떤 일을 하는지 등을 알아봐 달라고 하였다.

지금 그들은 손발과 눈, 코, 귀를 잃은 것과 마찬가지였다.

힘이 센 장님은 평범한 일반인조차 당해 내지 못한다. 그것과 같은 이치였다.

그 제안 역시 조형은은 받아들였다.

특별히 염민혁뿐만 아니라 경태와, 모필, 한민광의 위치까지 추적을 해 준다고 하였다.

20년이나 그쪽 세계를 떠나 있었으면서 어떻게 그 모든 것을 쉽게 할 수 있을지 도수는 신기하기만 했다.

하나 도수가 모르는 것이 하나 있었다.

조형은은 건달 세계에서 발을 뺀 것이 맞다.

하지만 이영옥은 아직 그쪽 세계에서 몸을 담고 있었다.

자신의 재산이 얼마인지도 정확하게 파악을 하지 못한 정도였다.

많은 사람들이 그녀에게 돈을 빌리기 위해서 펜션을 드나든다.

그녀 한마디의 의해서 견고한 기업들이 하루아침에 쓰러지는 일도 있었다.

돈의 힘은 막강했다.

겨우 몇 명의 건달들은 찾아내는 것은 그녀에게 있어서 씹던 껌도 되지 않았다.

"그럼 이제 어쩌죠?"

도수와 선배들의 대화를 생각해 낸 기현이 물었다.

"일단 제대로 된 정보가 들어올 때까지 이곳에서 머문다."

"여자들은요?"

가장 마음에 걸리는 부분이었다.

이곳에서 계속 있을 수는 없었다.

당장 내일이 오면 그들은 출근을 해야만 했다.

그렇다고 위험하니 가지 말라고 할 수도 없는 노릇이었다. 이 사실이 유민의 귀에 들어가면 어떤 사태로 번질지 눈에 보이듯이 선했다.

도수는 민태에게 가서 여자들에 대해 상의를 했다.

민태도 그것이 걱정스러웠던 모양이다.

민태는 도수를 조형은에게 데리고 가고, 그는 걱정 말라고 말했다.

그는 어디론가 전화를 걸었다. 그리고는 유정, 민희, 미자에게 경호원이 한 명씩 붙는다고 하였다.

꽤나 실력이 있으니 최소한 납치는 당하지 않을 것이란 말도 덧붙였다.

직접 그녀들을 보호하지 않는 한 마음이 놓이지 않는다.

그렇다고 직접 나서서 그녀들을 보호할 수는 없는 입장이었다.

잘못하면 자신들뿐만 아니라 그녀들까지 훨씬 더 한 위험에 처하게 될 수도 있었다.

그녀들은 펜션 앞에서 도수와 헤어졌다.

도수는 다른 길로 갈 것이라고 그녀들을 안심시켰다.

유민은 매형, 다음에 또 봐요, 라는 말과 함께 차에 탔다. 유정도 전화하겠다고 말했다.

민희는 기현에게 몇 시에 들어올 거냐고 물었다.

난감한 기현은 곧, 이라는 말로 얼버무렸다.

미자는 기동과 함께 가겠다고 버텼다. 기동은 버럭 화를 내면서 먼저 가라고 말했다.

그녀는 입을 쭉 내밀고는 민희에 차에 탔다. 그녀들은 손을 흔들고는 차를 출발시켰다.

차가 멀어지는 것을 확인한 도수는 동생들에게 체력을 만들어 놓으라고 명령했다.

염민혁은 경태와 손을 잡고 전광석화처럼 신사동 파를 급습했다.

덕분에 만반의 준비를 하고서도 허무할 정도로 신사동 파는 무너졌다.

반대로 놈들도 그렇게 당하지 말라는 법은 없었다.

어차피 이쪽은 소수 정예.

이들만으로 놈들을 쳐야만 한다. 놈들의 숫자는 많게는 100명이 넘을 것이고 적게 잡아도 80명은 된다.

그들을 뚫고 염민혁을 잡기란 쉬운 일이 아니었다.

장기전이 될수록 손해를 보는 것은 이쪽이었다. 최대한 빠르고, 간결하게 놈들을 처리해야 한다.

그렇게 하기 위해서는 체력은 끌어올려야 했다. 하루를 쉬지 않고 움직인다고 하더라도 지치지 않는 체력을.

도수의 생각을 읽은 기현과, 수태, 실현은 아침부터 밤까지 산을 뛰어다녔다. 산처럼 체력과 근력, 폐활량을 늘려주는 곳은 없다.

오전 내내 산을 탄 그들은 점심을 먹고서는 각각 자신 있어 하는 기술을 갈고닦는 것으로 시간을 보냈다.

저녁이 되면 어떤 식으로 염민혁에게 접근한 것인가를 상의했다.

민태는 하룻밤을 같이 있은 후 돌아갔다.

그가 돕겠다고 했지만 모두가 만류했다.

이미 은퇴한 몸. 완력은 남아 있을지 모르지만 독기는 사라졌다.

또한 목숨을 잃을 수도 있을 만큼 위험한 상황이었다.

그런 전쟁터에 민태를 데리고 갈 수는 없는 노릇이었다.

그의 집에는 돌아오길 기다리고 있는 토끼 같은 두 아들과 여우같은 아내가 있었다.

민태는 모두의 손을 한 번씩 잡으면서 말했다.

죽지 마라, 이번 일이 끝나면 꼭 술 한잔 사마. 그의 말에 무엇보다도 고마웠다.

진심으로 걱정하고 있다는 것을 따뜻한 체온으로 느낄 수가 있었다.

10시가 되면 조형은의 방으로 불려 갔다.

그는 염민혁과 일당들이 어떻게 움직이고 있는지 상세하게 가르쳐 주었다.

놈들은 눈이 벌개져서 도수와 기현을 찾고 있다고 하였다. 아직은 나설 때가 아니라는 말도 덧붙였다.

도수는 정말 감사하다고 말했다.

10시 되면 잠이 들었다.

드라마나 예능 프로도 보지 않았다. 그것을 보면서 웃을 마음도 없었다.

그렇게 일주일이란 시간이 지났다.

조형은과 도수가 마주 앉아 있었다. 이영옥은 차를 달여서 그들의 앞에 놓았다.

"드세요. 향긋한 것이 마음은 안정시키는 데 도움을 줄 거예요."

"번번이 감사합니다."

도수는 영옥에게 고개를 숙였다.

그런 도수를 보며 영옥은 빙그레 미소를 지었다.

처음 봤을 때부터 지금까지 한 번도 변하지 않는 따뜻한 눈빛이었다.

10년 전 돌아가신 어머니를 떠올리게 하는 눈빛이었다. 문득 어머니가 보고 싶어진다.

빛 바랜 사진 한 장, 그의 손에 남아 있지 않다는 것은 슬픔으로 다가왔다.

어머니를 보고 싶지만, 어머니의 얼굴이 흐릿하게 밖에 떠오르지 않았다.

도수는 찻잔을 들고 맛을 조금씩 음미하며 목으로 넘겼다.

마음을 평온하게 하는 향긋한 냄새가 콧속으로 퍼졌다. 처음에 마셨을 때는 그 향이 너무도 감미로워 온몸이 나긋 해지기도 했었다.

지금은 그 정도까지는 아니다.

그러나 하루 종일 힘들었던 피로를 가시기 하기에는 충분했다.

차의 종류를 알 수 없지만, 영옥이 타 주는 차의 맛은 진정 좋았다.

차의 종류를 물어보지는 않았다. 혹여 이 맛이 그리워 혼자서 타 먹을 수도 있기 때문이었다.

그러고 싶지는 않았다. 종종 이곳에 들러 영옥이 타 주는 차를 마시고 싶었다.

"염기현이가 신사동 파와 압구정 파를 합쳐서 다시 재편을 했다는군."

차를 한 모금 마시고 탁자에 내려놓은 조형은이 말했다.

"그럴 것이라 예상했습니다. 과장급 이상은 모두 압구정 파로 갈아 치웠겠죠. 그 와중에 숙청도 꽤 있었을 거구요."

"맞아. 막내급이나 2~3년 차 들은 그대로지만, 준간부 이상 급들은 모조리 내쳐졌다고 하더군. 10명 정도가 그 바닥을 떠난 모양이야."

도수는 고개를 끄덕였다. 염민혁이가 과연 그들을 멀쩡하게 보내 줬을까.

아닐 것이다. 모르긴 몰라도 큰 수난을 겪을 것이 확실했다.

"10명 모두 왼쪽 아킬레스건이 끊겼다는군. 최소 반년 이상은 제대로 움직이지 못할 거야. 일반인처럼 움직인다고 하더라도 뛰거나 하지는 못하겠지."

불구가 됐다는 소리였다.

도수는 크게 한숨을 내쉬었다.

그들의 고통이 모두 자신 때문에 일어난 일인 것 같아서 마음 한구석이 무거웠다.

차라리 경태를 용서하지 않았다면 어찌 됐을까. 지금과

같은 참상은 안 벌어지지 않았을까.

"아직 자네를 찾고 있는 것은 확실해. 하지만 악착같이 모두가 흩어져서 찾고 있지는 않은 것 같네. 자네가 다시는 그들 앞에 나타나지 않을 것이란 소문도 돌고 있다고 하는구만."

"그건 또 무슨 소리죠?"

"밑에 놈들이 하는 소리야. 이미 세력을 모두 잃어버린 자네가 나타나서 무엇 하겠냐는 거지. 죽고 싶지가 않다면."

"염민혁은 그렇게 생각하지 않을 텐데요."

"그거야 나는 모르지. 하지만 놈들의 경호가 약해진 것은 확실한 것 같더군. 처음에는 열 명 이상씩 몰려다니더니 지금은 대여섯 명으로 줄어들었다고 하네. 하긴 열 명씩 경호원으로 두려면 꽤나 인원 낭비기는 할 것일세."

한 명 당 대 여섯 명의 경호원이라.

그것도 상당한 숫자였다.

어중간한 자들을 경호원으로 쓰지는 않았을 것이다. 지금으로서는 가장 믿고, 가장 솜씨가 좋은 자들을 곁에 두고 있을 것이 확실했다.

한 명, 한 명이 만만치 않은 자들이다.

"내가 생각하기론 지금이 적기일세. 더 이상 시간을 끌면 자네의 조직은 완전히 넘어가게 되네. 그들은 내부의 안정을 찾고 견고한 성이 될 걸세. 한 명이 무너진다고 해서 전체가 무너지지 않는 그런 견고한 성 말일세. 하지만 지금이라도 다르지. 그들에 대한 반감이 상당히 남아 있을 터. 지금이 아니면 자네의 적은 쓰러트리기가 어려울 것이야."

"같은 생각입니다."

도수는 고개를 끄덕였다.

"어쩔 것인가?"

"받은 대로 돌려줘야지요."

도수는 자리에서 일어났다. 그는 조형은과 이영옥에게 허리를 굽혀 90도로 인사를 했다.

단순히 선배에 대한 예우는 아니었다.

자신에게 큰 호의를 베풀어 준 점, 놈들에게서 보호를 해 준 점, 따뜻함을 느끼게 해 준 것에 대한 고마움이었다.

"갈 텐가?"

"가야지요. 나중에 뵙겠습니다."

"자신은 있는가?"

도수는 아무런 말을 하지 않았다.

그는 조형은과 이영옥을 번갈아 보며 씨익 웃었을 뿐이었다. 그는 문을 열고 밖으로 나갔다.

잠시 후 여섯 명의 사내를 태운 승합차가 펜션 밖으로 나갔다.

펜션에 도착했을 때와는 조금 다른 승합차였다.

그동안 수태와 실현은 번호판을 바꿔 달았고 도색도 다시 했다.

검게 칠한 선팅을 한 것 빼고는 처음과는 확연하게 다른 차로 보였다.

노부부는 떠나는 승합차를 보고 있었다.

"같이 가고 싶어 하는 눈치구료, 영감."

영옥이 조형은을 보며 빙그레 웃었다.

"예끼, 이 사람아. 같이 가긴 어딜 같이 가. 젊은이들이 노는 가운데 끼면 나 같은 사람은 죽어."

"그래도 조금은 서운하죠?"

"음, 아주 조금은."

"후후, 저 아이라면 잘 해낼 거예요. 우리 아이와 무척이나 닮았잖아요."

"그래. 우리 아이와 무척이나 닮았지. 눈매도, 키도, 덩치도. 하지만 우리 아이가 아니잖아."

"맞아요. 우리 아이가 아니니까 쉽게 죽지는 않을 거예요. 저 아이가 돌아올 때는 맛있는 케이크라도 준비해 주고 싶네요."

"마음대로 하시구료."

노부부는 걱정스러운 표정으로 이미 사라져 버린 승합차가 간 길을 꽤나 오랫동안 바라보고 있었다.

*   *   *

모필은 술에 많이 취해 있었다.

요즘 들어서 술이 없으면 잠이 제대로 오지 않았다.

자꾸만 죽은 형님들과 동생들이 머릿속에서 아른거렸다.

하지만 어쩔 수가 없었다고 자위한다. 그들이 죽지 않았다면 자신이 죽을 수밖에 없었다고.

그는 삼성동에 있는 한 오피스텔로 향했다.

그의 차에는 두 명의 경호원이 탑승했고, 뒤따르는 차에도 세 명의 경호원들이 있었다.

다섯 명 모두 염민혁이 붙여 준 자들이었다.

그는 수족처럼 부리라면서 말을 했지만 사실 모필의 동생들이 아니었다.

경호원들과 함께 있으면 숨이 막힌다는 느낌을 받은 적이 몇 번이나 있었다.

그의 직속 부하들은 이미 변두리 업소로 쫓겨난 지 오래였다.

주변을 가득 메운 부하들은 모두 염민혁이 보내 준 자들이었다.

충성을 맹세한다고 하지만, 그게 언제까지일지 알 수가 없었다.

이용가치가 없어지면 언제라도 자신을 죽일 수가 있다, 라는 것을 확실하게 인지하고 있는 모필이었다. 그렇기에 매일 밤, 악몽과 환영에 시달린다.

특히 기민채가 장도리를 사용해서 자신을 죽이는 꿈을 몇 번이나 되풀이하면서 꾼다.

때문에 술과 엑스터시가 없으면 잠을 제대로 이루지 못했다.

모필을 태운 검은색 세단이 오피스텔 앞에서 멈췄다. 그는 비틀거리면서 차에서 내렸다. 조수석에 탔던 사내도 쫓아 내린다.

"됐어. 너희들은 오늘 들어가 봐."

"많이 취하셨습니다. 안까지 모셔다 드리겠습니다."

"설마 여기서 저기 위까지 가는 동안 무슨 일이 생기려고. 오늘은 밖으로 나오지 않을 테니까 너희들은 들어가."

"정말 괜찮으시겠습니까?"

그는 걱정스럽다는 표정으로 물었다.

모필은 그런 사내를 가증스럽다는 듯이 바라봤다.

자신의 일거수일투족이 염민혁에게 보고가 된다.

모두 이들 덕분이었다.

이들은 자신이 어떤 식사를 하고, 몇 시에 큰일을 보고, 어떤 체위로 애인과 사랑을 나눴는지까지 보고를 했다.

그제 염민혁이 모필에게 그렇게 시원찮아서 쓰겠소, 겨우 1분만에 사정을 하고 맥 빠진 듯이 엎어지다니, 하하, 내가 보약이라도 한 첩 해 줘야 할 것 같습니다, 라는 말로 속을 뒤집었다.

이들이 아니라면 그런 사사로운 일까지 염민혁이 알아차릴 리가 없었다.

"괜찮다고 했잖아. 어서들 가 봐."

모필은 치밀어 오르는 짜증을 억지로 내려앉혔다.

이들이 싫지만 그렇다고 같이 다니지 않을 수도 없었다.

언제 어디서 전 회장이 나타날지 모른다.

마도수.

그를 생각하면 모필은 온몸에서 오한이 일어났다.

털이란 털이 모두 벌떡 일어나서 부들부들 떨어 댔다.

그가 나타난다면 혼자서 감당할 자신이 없었다.

이들이 옆에 있어야 조금은 마음이 놓였다.

모필은 회전문을 열고 안으로 들어갔다.

사내가 급히 쫓아와 엘리베이터 버튼을 눌렀다. 엘리베이터가 내려오고 문이 열린 후 안에 아무도 없다는 것을 확인하자 사내는 물러났다.

"내일 오전 7시에 오겠습니다. 무슨 일이 생기시면 바로 연락을 주십시오."

사내는 허리를 90도로 굽히며 말했다.

"알았어. 그만 가 보도록 해."

모필은 손을 휘휘 젓고는 엘리베이터에 올라탔다.

11층을 누르고 문을 닫았다.

윙 하는 기계음이 들리며 엘리베이터가 올라간다.

엘리베이터는 빠른 속도로 11층까지 다다랐다. 그는 휘청거리며 엘리베이터에서 내린 후 애인이 사는 오피스텔 앞으로 다가갔다.

비밀번호를 누른 후 안으로 들어갔다. 안에는 모든 불이 꺼져 있었다.

"뭐야, 벌써 자는 거야? 씨발년. 내가 온다고 분명 전화를 했는데."

모필은 구두를 벗고 슬리퍼로 갈아 신었다.

손을 뻗어 불을 켜고 코트를 벗었다. 그리고 안쪽으로 걸어갔다.

거실이 있는 쪽을 바라본 순간 그는 뭔가 잘못되었다는 것을 느꼈다.

눈앞에는 애인이 의자에 앉아 있었다. 그녀의 팔과 다리가 묶여 있었고, 입에는 청색 테이프로 막혀 있었다. 얼마나 울었는지 눈이 퉁퉁 부었다.

그녀가 걱정스럽다는 생각은 1퍼센트도 생각나지 않았다.

좆 됐다, 라는 생각만이 머릿속을 꽉 채웠다.

모필은 곧바로 등을 돌려서 현관문을 향해서 달아났다.

그러나 그는 한 걸음도 채 옮기지 못했다. 그의 얼굴에 무엇인가에 부딪쳐서 뒤로 튕겨졌기 때문이다.

그 충격을 이기지 못하고 그는 엉덩방아를 찧고 말았다.

"기, 기동."

그의 앞에 거구의 사내가 복도를 가로막고 서 있었다.

모필은 떨리는 음성으로 거구의 사내 이름을 중얼거렸다.

"오랜만이유, 모필 형님. 그동안 잘 먹고, 잘 싸고 계셨수."

기동이 능글맞게 웃었다.

웃음 속에서 살기가 피어올랐다.

모필은 온몸을 채우고 있던 술기운이 싹 사라지고 있는

것을 느꼈다. 심장이 미친 듯이 뛰며 머릿속에 하얗게 변해 간다.

이기동이 이곳에 있다는 것은 모필이 가장 만나기 두려워 하던 인물도 이곳에 있다는 것을 뜻하리라.

저벅저벅.

그의 등 뒤에서 구둣발 소리가 들렸다. 그 소리가 다가올 수록 모필은 심하게 몸을 떨었다. 공포가 전신을 휘어 감는 다.

길게 그림자가 드리워졌다. 그림자는 정확하게 모필의 머 리 위로 지나쳤다.

바로 등 뒤에 그가 서 있었다.

딱딱딱딱.

자신도 모르게 이빨이 위아래로 부딪쳤다. 그는 천천히 고개를 뒤로 돌렸다.

엄청난 거구의 사내가 차가운 눈빛으로 모필을 바라보고 있었다.

도수였다.

도수는 모필을 보며 희미하게 웃었다.

얼굴은 보이지 않고 하얀 이빨만이 눈에 들어왔다.

"회, 회장님."

모필은 떨어지지 않는 입술을 간신히 벌렸다.

도수는 한쪽 무릎을 꿇었다. 그는 모필과 눈을 똑바로 마 주쳤다.

"안녕하셨소, 형님."

"회, 회장님. 제, 제 말 좀 들어 보십시오. 부탁입니다."

모필은 양쪽 무릎을 꿇었다.

무조건 빌어야 했다. 빌어도 용서가 되지 않을지도 모른다. 그래도 빌어야 했다. 그것밖에는 머릿속에서 아무것도 생각이 나지 않았다.

하지만 도수는 그의 말을 들어 줄 생각이 없는 모양이었다.

그는 손에 들고 있던 망치를 보여 주었다.

"형님, 제가 경고했던 것으로 아는데."

"제, 제발. 회장님, 용서를, 제발 자비를."

모필은 반항을 할 생각도 하지 못했다.

한식집에서 일이 아니었다면 이토록 비굴하게 굴지 않았을지도 모른다.

하나 지금은 아니었다.

무조건 빌어야 한다.

살려면, 살고 싶으면. 그래도 살 수 있을지 모르지만…….

도수는 망치를 머리 위로 들어 올렸다. 그대로 모필이 신고 있던 슬리퍼를 향해서 내려쳤다.

빠각!

엄청난 굉음이 오피스텔 안에 울렸다. 뭔가가 부서지는 소리가 똑똑하게 들렸다.

"크아아아악!"

모필은 자신의 발을 잡고 옆으로 쓰러졌다. 슬리퍼 안에서 시뻘건 피가 흘러나왔다.

　"시끄럽소, 형님. 이제 시작일 뿐이니까."

　도수의 살벌한 눈동자가 모필을 응시하고 있었다.

〈『맹수의 도시』 제4권에서 계속〉

WILD BEAST CITY
맹수의 도시

1판 1쇄 찍음 2014년 2월 4일
1판 1쇄 펴냄 2014년 2월 7일

지은이 | 동 은
펴낸이 | 정 필
펴낸곳 | 도서출판 **뿔미디어**

편집장 | 이재권
기획 · 편집 | 윤영상
편집디자인 | 이진선

출판등록 | 2002년 9월 11일 (제1081-1-132호)
주소 | 경기도 부천시 원미구 상동로 117번길 49(상동) 503호 (우)420-861
전화 | 032)651-6513 / 팩스 032)651-6094
E-mail | bbulmedia@hanmail.net
홈페이지 | http://bbulmedia.com

값 8,000원

ISBN 978-89-6775-999-5 04810
ISBN 978-89-6775-985-8 04810 (세트)

http://www.bbulmedia.com